NORMAN THAVAUD

MES DESSINS

NORMAN THAVAUD

MES DESSINS

Michel LAFON

BIENVENUE DANS MON LIVRE !

INSTALLEZ-VOUS CONFORTABLEMENT ET COMMENCEZ À LIRE DANS CE SENS → POUR VOUS PRÉPARER PSYCHOLOGIQUEMENT À CE QUE VOUS ALLEZ DÉCOUVRIR, J'ANNONCE : CE N'EST PAS UNE BD, NI DES STRIPS, NI DES CARICATURES, NI DES CROQUIS D'ART MAIS DES IDÉES QUI M'AMUSENT ET QUE JE DESSINE PAR PLAISIR. C'EST UN RECUEIL DE DESSINS MINIMALISTES (C'EST CE QU'ON DIT QUAND ON DESSINE PAS MEGA BIEN), DE PENSÉES ÉCRITES, DE GRAPHIQUES, DE TRUCS, BREF, TOUT CE QUI ME PASSE PAR LA TÊTE. JE NE SUIS PAS DESSINATEUR MAIS J'AI TOUJOURS ADORÉ GRIBOUILLER ET CUSTOMISER CE QUI M'ENTOURE (MON PREMIER SITE, MON DRAW MY LIFE, LE LIVRET DVD DE MON SPECTACLE, LA CHEMINÉE DE MON SALON...) ET EN POSTANT CERTAINS DESSINS SUR INSTA VOUS M'AVEZ DONNÉ L'IDÉE ET L'ENVIE DE LES RÉUNIR DANS UN JOLI OUVRAGE.

C'EST UNE CHANCE INCROYABLE DE POUVOIR DONNER VIE À MES IDÉES DANS UN LIVRE COMME CELUI-CI ET JE SAIS QUE TOUT ÇA, A PU SE FAIRE GRÂCE À L'ÉLAN QUE VOUS M'AVEZ DONNÉ SUR YOUTUBE OU DANS LES SALLES DE SPECTACLE, ALORS JE VOUS REMERCIE DU FOND DU COEUR. BONNE LECTURE !

CELUI QUI PARLE
CELUI QUI ÉCOUTE

V.i.P

NUL

QUAND TU VIENS DE TE FAIRE LARGUER

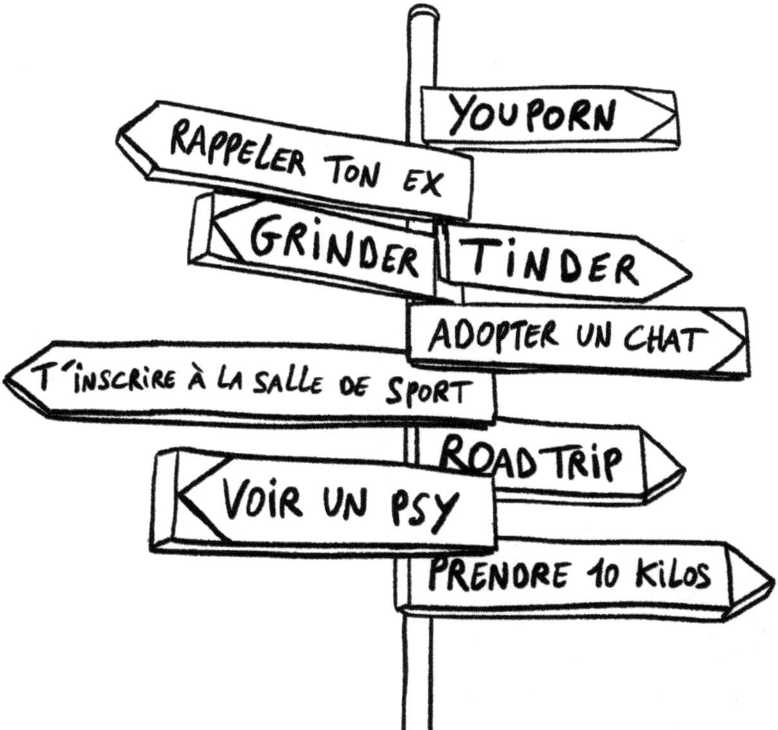

EHPAD
TikTok

LIT DOUBLE

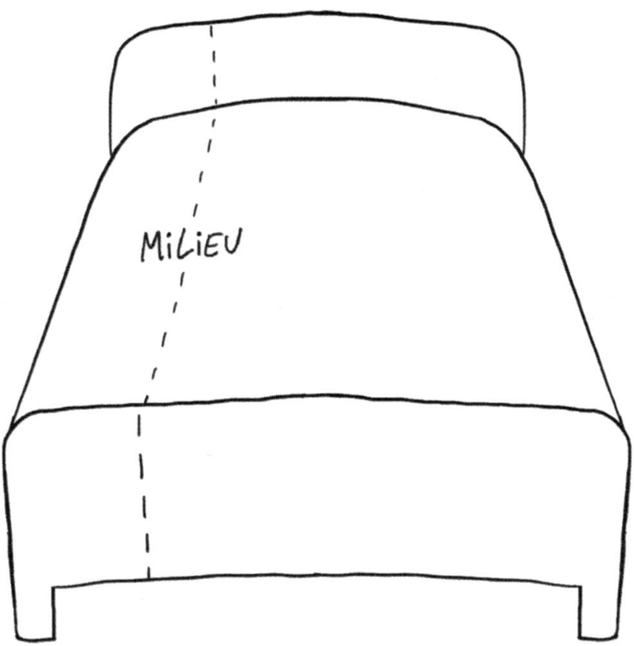

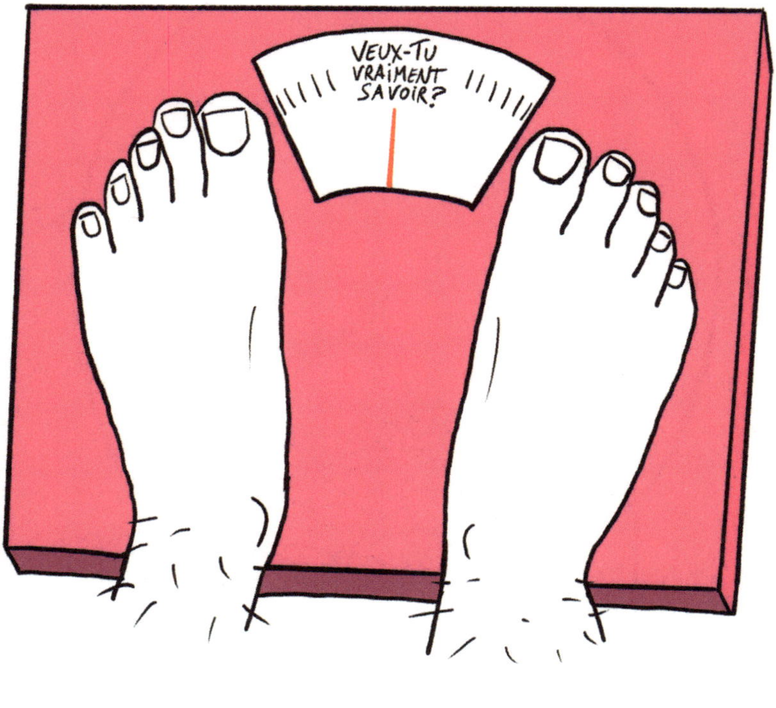
VEUX-TU
VRAIMENT
SAVOIR?

2050

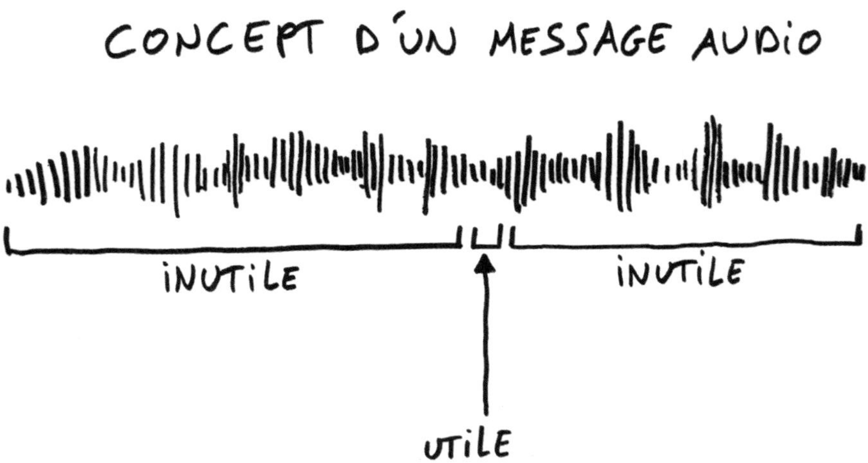
CONCEPT D'UN MESSAGE AUDIO
INUTILE
INUTILE
UTILE

PORTE-MANTEAUX

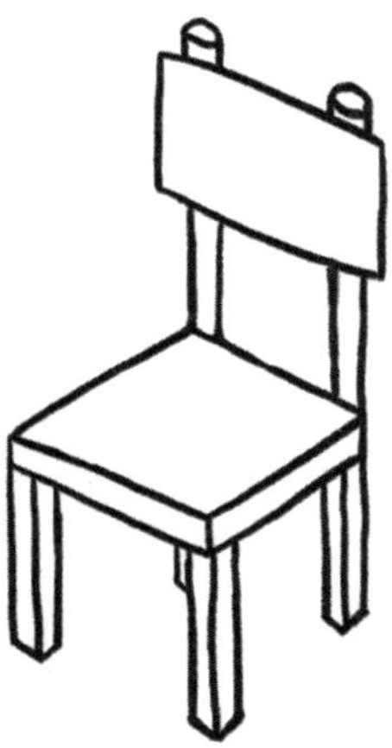

DÉCAPSULEUR

TOURNEVIS

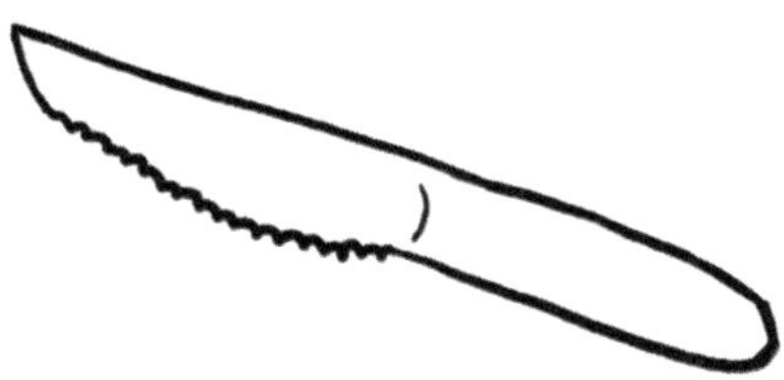

DÉCORATION

1€
Banco
Gagnez jusqu'à 5000€
VA BOSSER
FEIGNASSE !

JOUER À CACHE-CACHE QUAND T'AS PAS D'AMIS

CONCEPT DU MICRO-ONDES

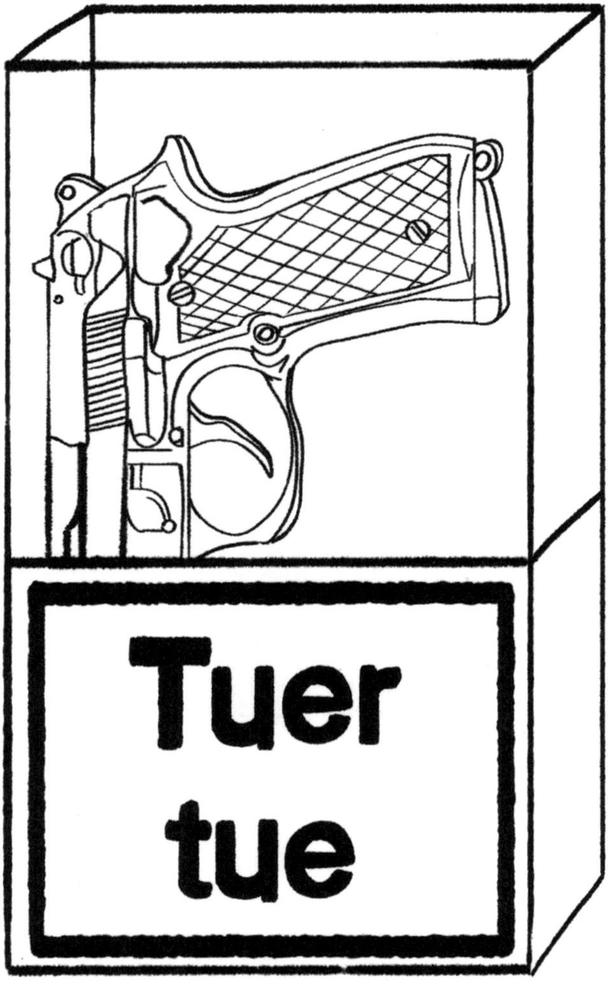
Tuer
tue

MOUAIS...
LES HUMAINS
POUR
LES NULS

ZONE ACCEPTABLE POUR FAIRE UNE RÉUNION SUR ZOOM
FAUX

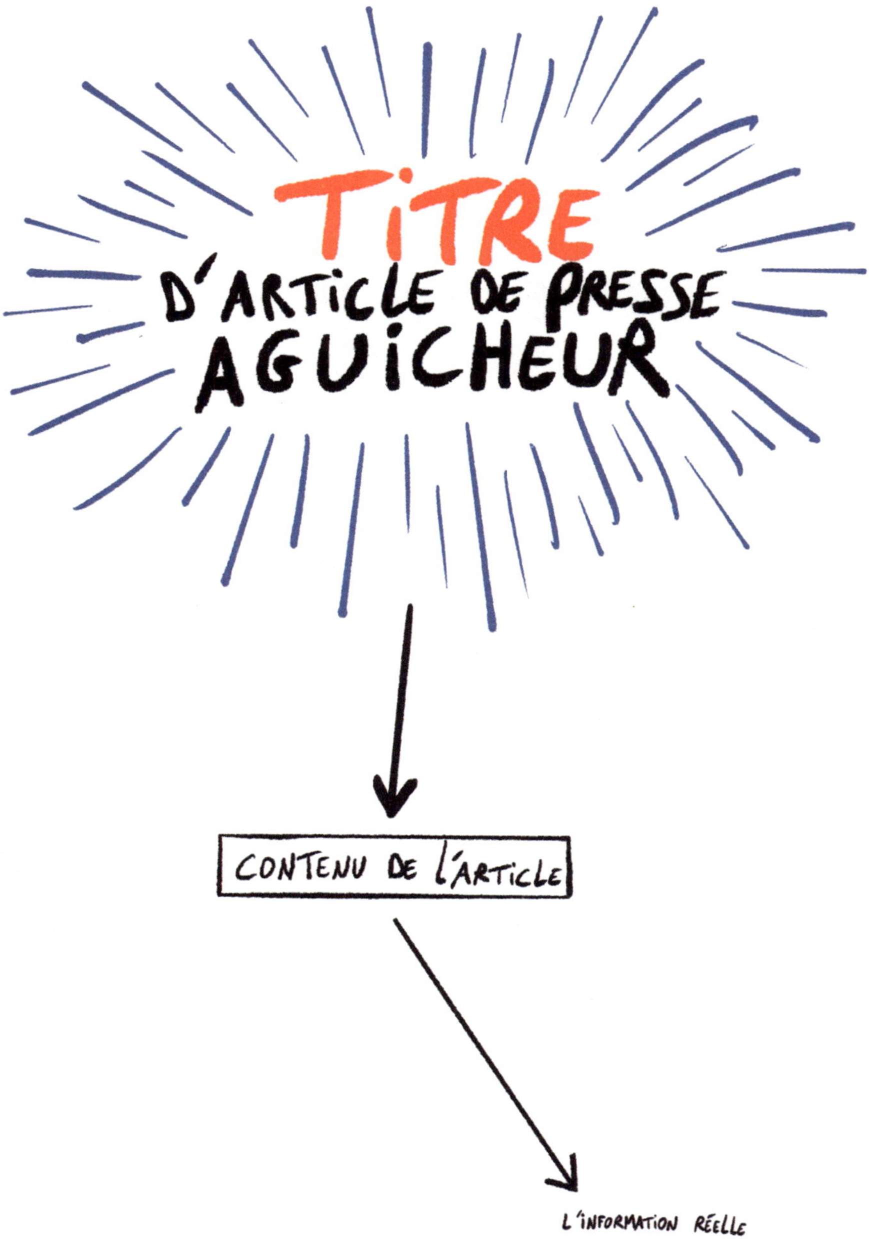
TITRE
D'ARTICLE DE PRESSE
AGUICHEUR
CONTENU DE L'ARTICLE
L'INFORMATION RÉELLE

Meurtre en plein dab

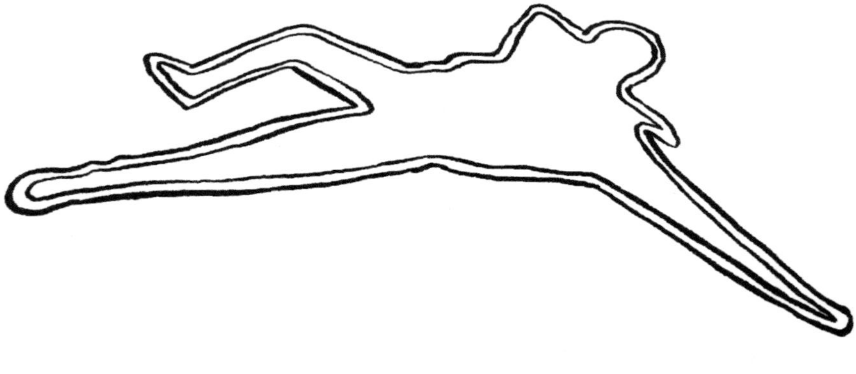

WANTED
MA DEUXIEME CHAUSSETTE
1.000.000 $

AVIONS MIGRATEURS

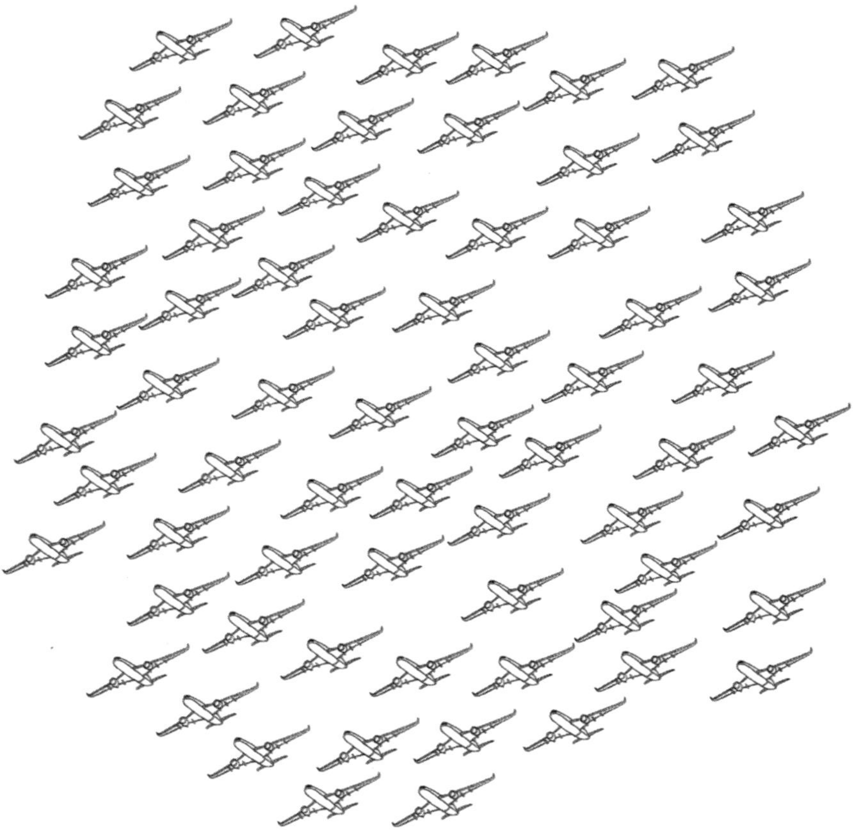

FAIRE-PART DE NON INVITATION

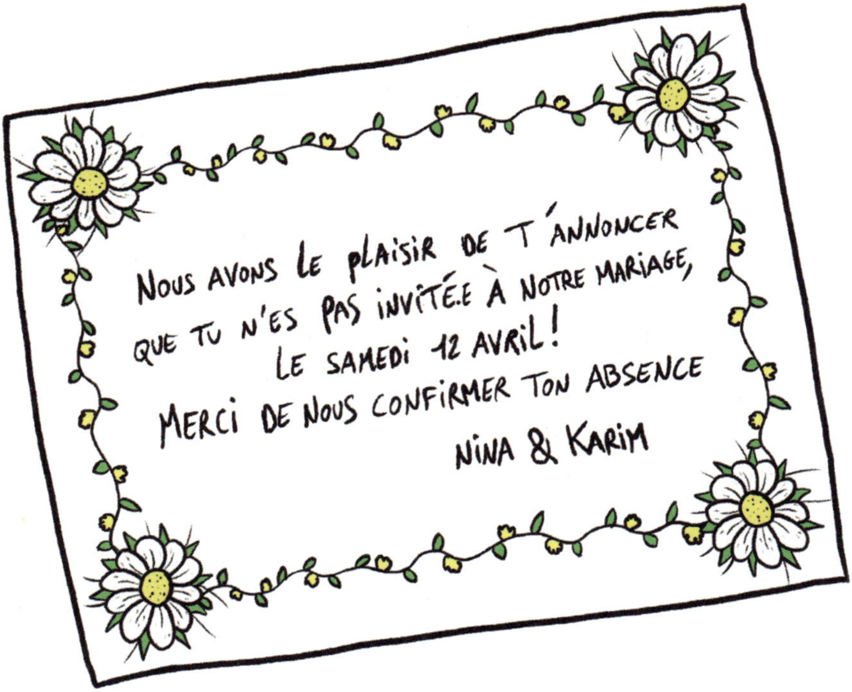

SNOOZE

5 MIN = MAUVAISE NOUVELLE

10 MIN = AUTOBIOGRAPHIE

15 MIN = AVC

MERCI
DE ME DÉRANGER
(JE ME FAIS CHIER)

BILLET DE BANQUE POUR STAGIAIRE

QUAND TU DÉMÉNAGES
MAIS QUE T'ES BORDÉLIQUE

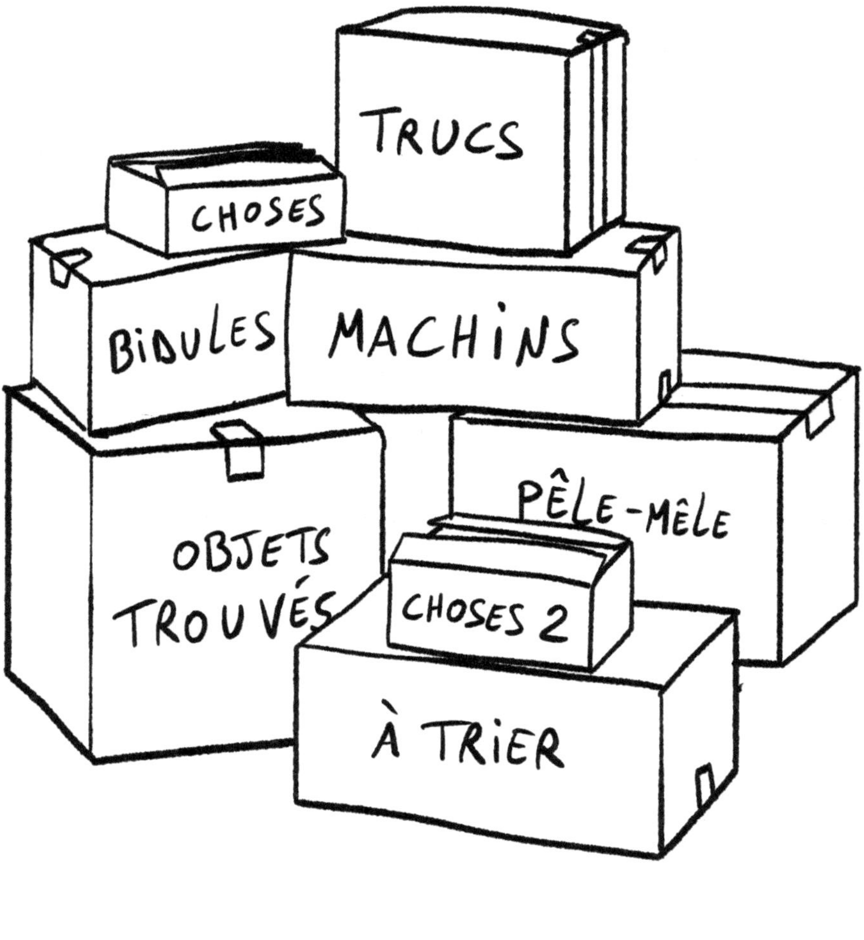

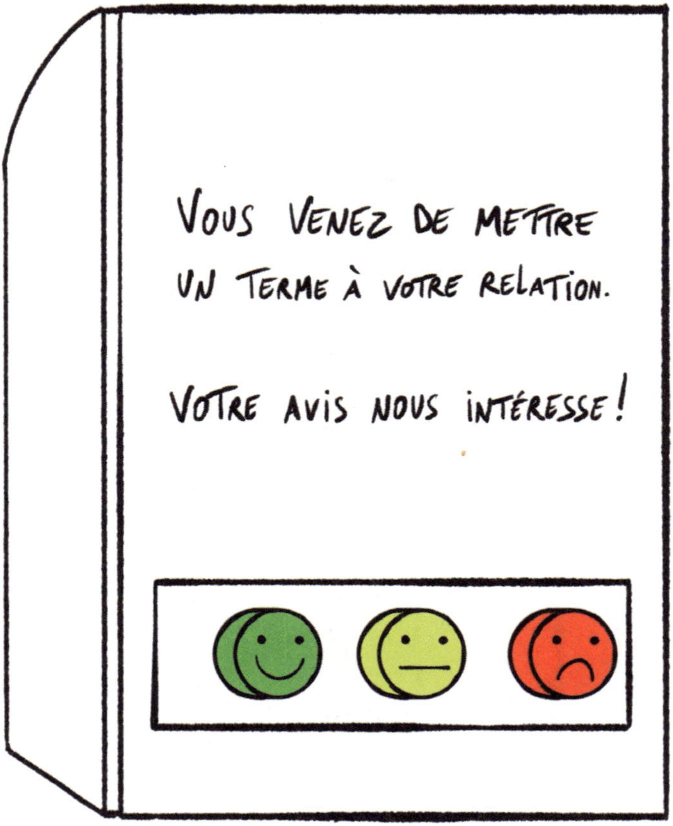
VOUS VENEZ DE METTRE
UN TERME À VOTRE RELATION.
VOTRE AVIS NOUS INTÉRESSE !

CHARISME
PRENDRE 1 PILULE EN CAS D'ABSENCE TOTALE DE CHARISME

LES DIFFÉRENTS TYPES DE MOTS DE PASSE WIFI

LE BOOMER

AF68001WUOOAU4GJWEO71K

L'ÉTUDIANT EN GALÈRE

MCDONALDS_PARIS_04

LE PROTOCOLAIRE

FAMILLEDUPONTWIFI

LE FLEMMARD

123456789

LE PARANO

SÉCuR_MdP-ô5/*L\ëWx-1#Mm.2

RiCARD
FILA
JACQUEMUS
BEAUF
STREET
FASHiON

UN RÉVEIL TOUT À FAIT NORMAL QUAND T'ES UNE CHAUVE-SOURIS

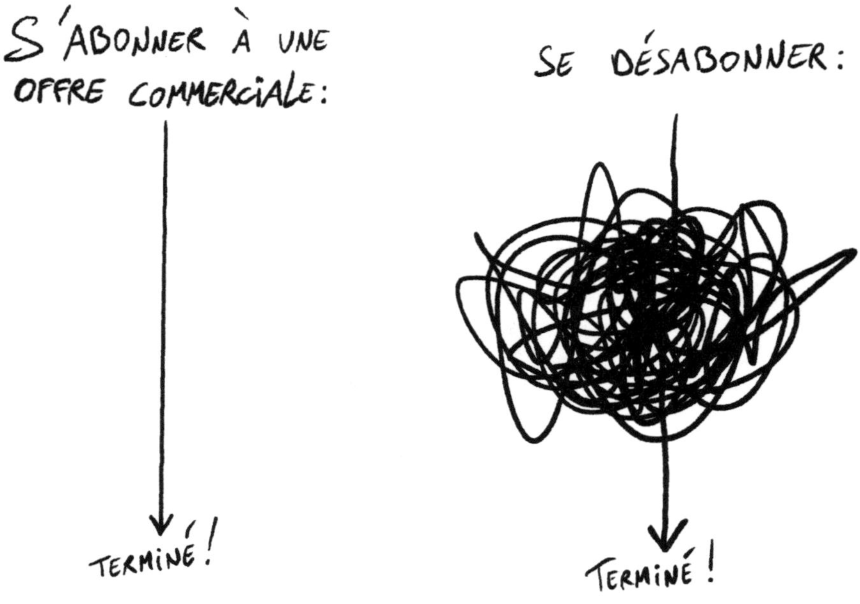
S'ABONNER À UNE OFFRE COMMERCIALE :
TERMINÉ !
SE DÉSABONNER :
TERMINÉ !

QUAND TU VEUX PAS QU'ON TE PIQUE TES YAOURTS

ARGUMENTS POUR AVOIR UN CHIEN

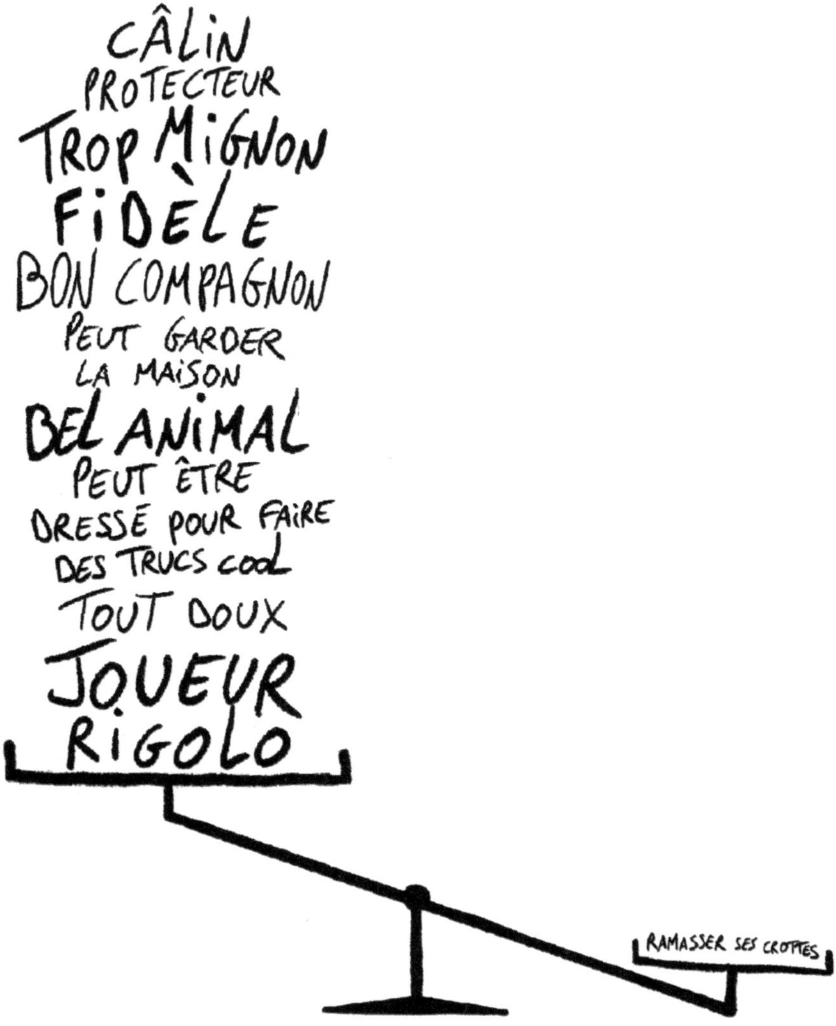

CONCEPT DE L'EMPLOI

DESSIN D'ENFANT :
VU PAR SES PARENTS :
$E=MC^2$

MON ESTOMAC APRÈS
UN DÎNER CHEZ QUELQU'UN

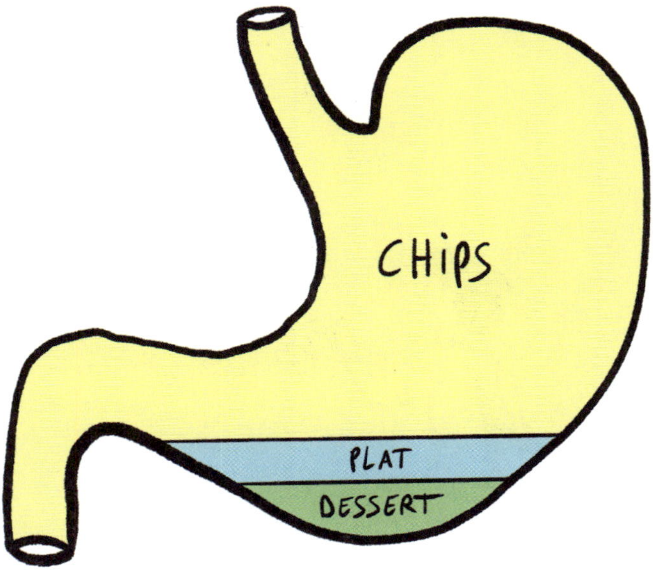

SAUT À LA PERCHE À SELFIES

SOLDES CHEZ LE PSY

CE QU'ON SE DIT QUAND ON PREND UN BAIN

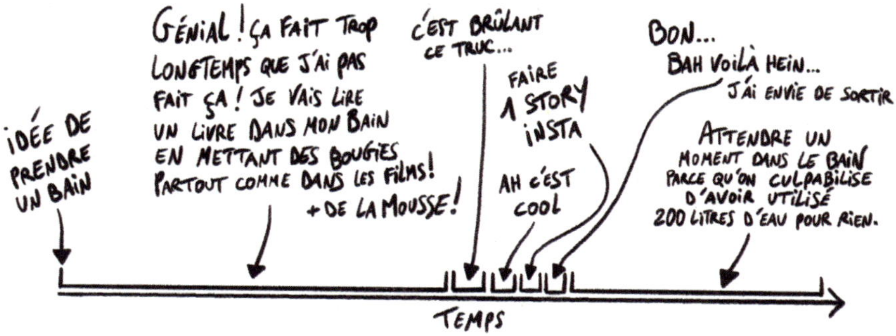

Papiers administratifs

LES AUTRES COUPLES

TON COUPLE

OPHTALMO DEALER

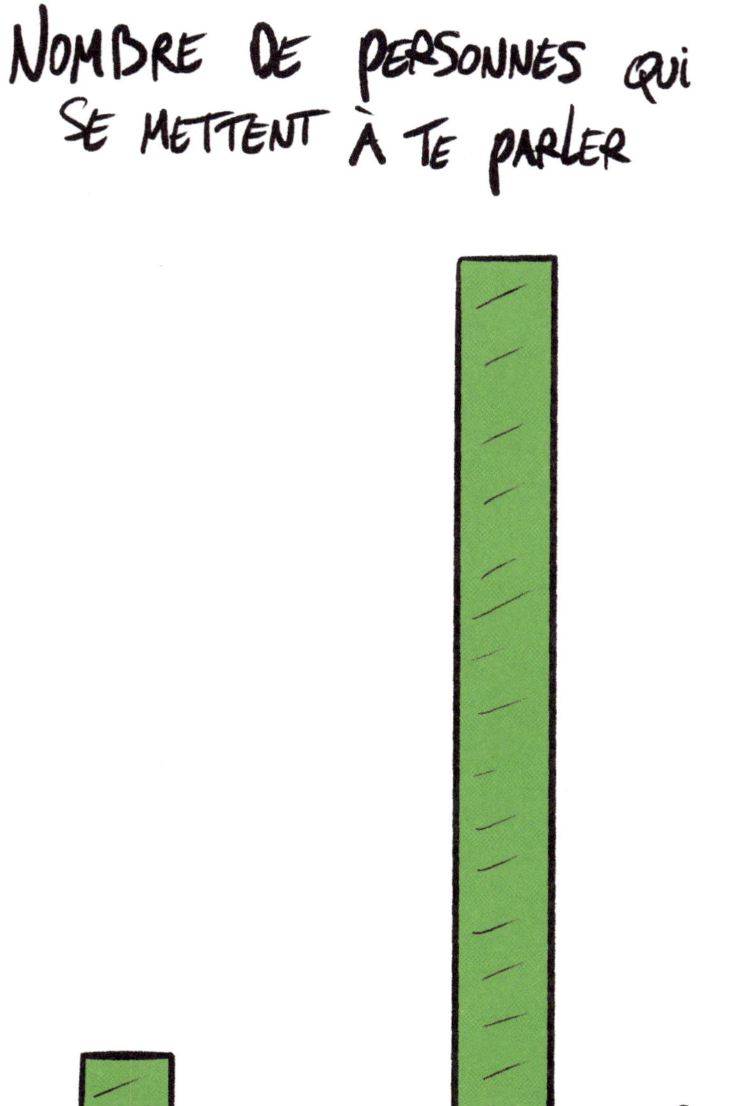
NOMBRE DE PERSONNES QUI SE METTENT À TE PARLER
QUAND TU ES DISPONIBLE
QUAND TU ÉCOUTES DE LA MUSIQUE DANS TES ÉCOUTEURS

CONCOURS DE BEAUTÉ

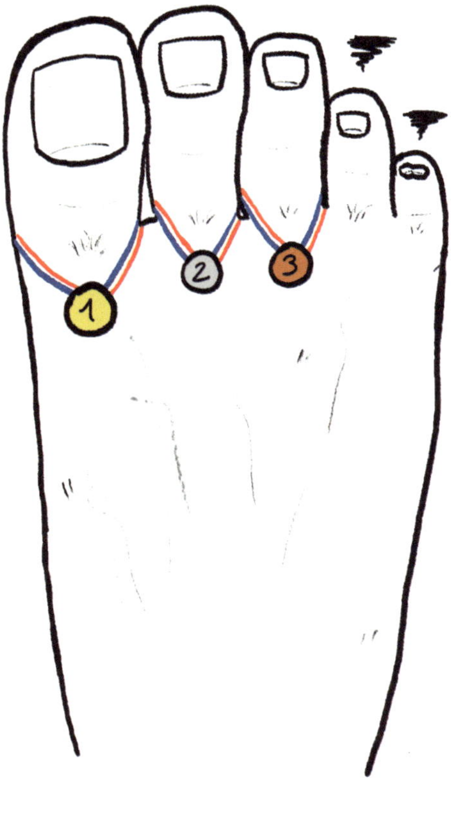

PLACES DE PARKING NIVEAU EXTRÊME

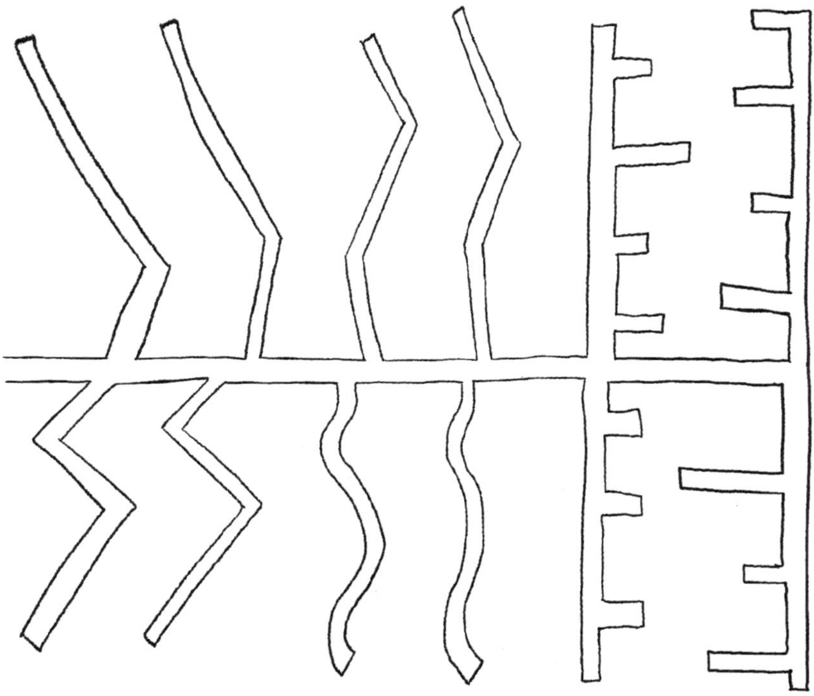

LE MEILLEUR PROFIL DE MON CHAT
(SELON LUI)

LE JUKEBOX DE TES PENSÉES QUAND TU FAIS UNE INSOMNIE...

LE MONDE DE NEMO (VERSION VEGAN)

JEAN-CLAUDE VAN DAMME BÉBÉ

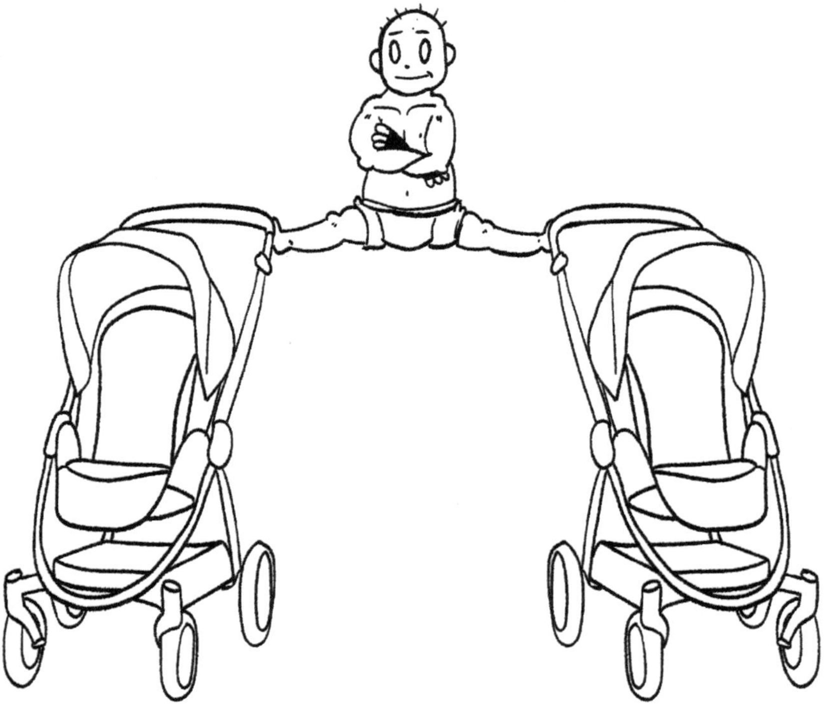

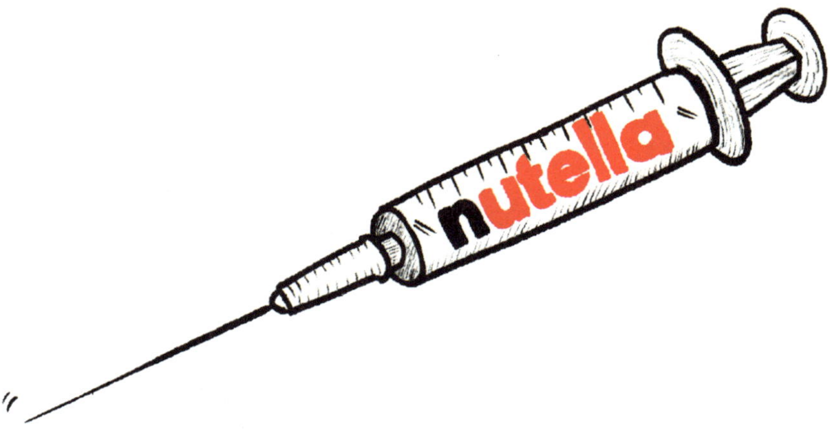
nutella

MES TENUES DANS LA VIE :

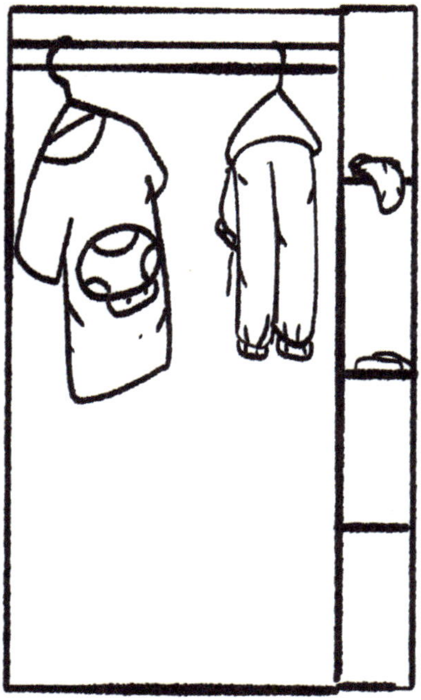

MES TENUES DANS FORTNITE :

LISTE DE MOTS À UTILISER QUAND TU AS OUBLIÉ LE PRÉNOM DE QUELQU'UN

— HEY MEC !
— COPAIN
— POTO
— BRO
— SALUT TOI !
— ÇA VA MEUF ?
— YO BG !
— CHAMPION
— COMMENT ELLE VA !?

ANXIÉTÉ QUAND
TU MANGES CECI

LA ROUE DU COIFFEUR À 10€

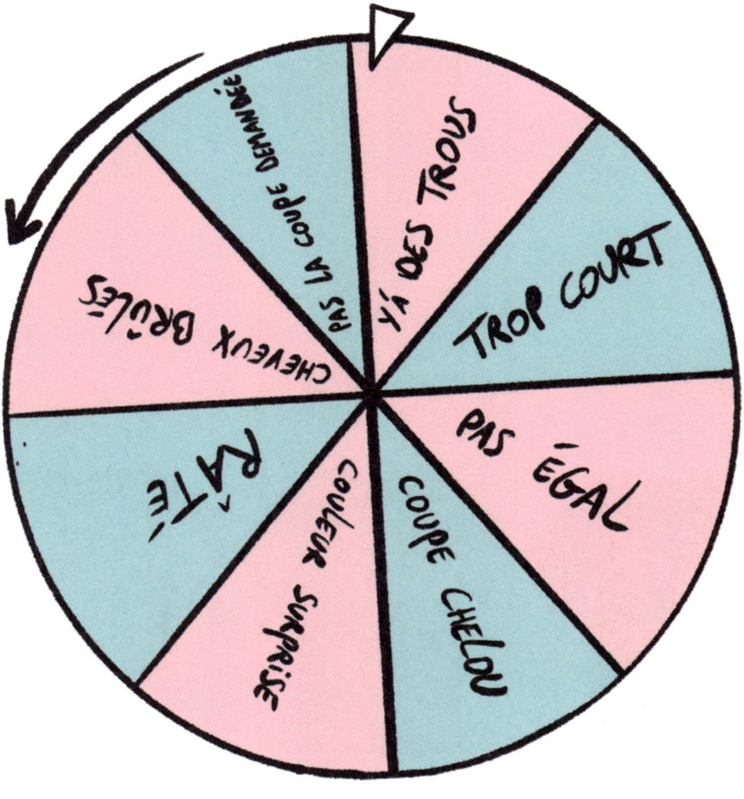

Déambulateur Harley Davidson

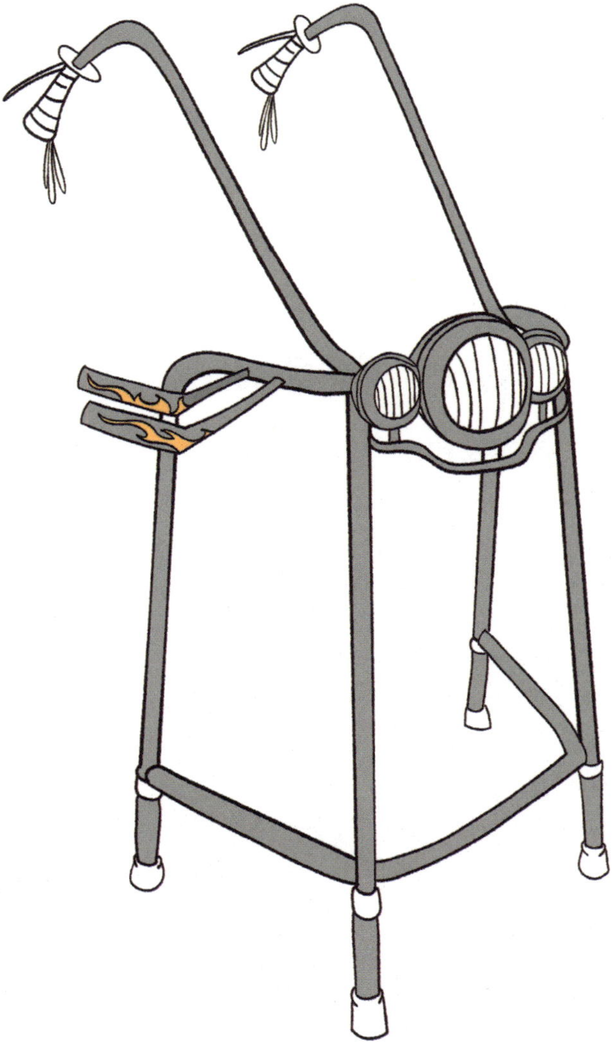

PERSONNES QUE TU FOLLOW CAR TU AIMES LEUR CONTENU :

PERSONNES QUE TU FOLLOW PAR POLITESSE :

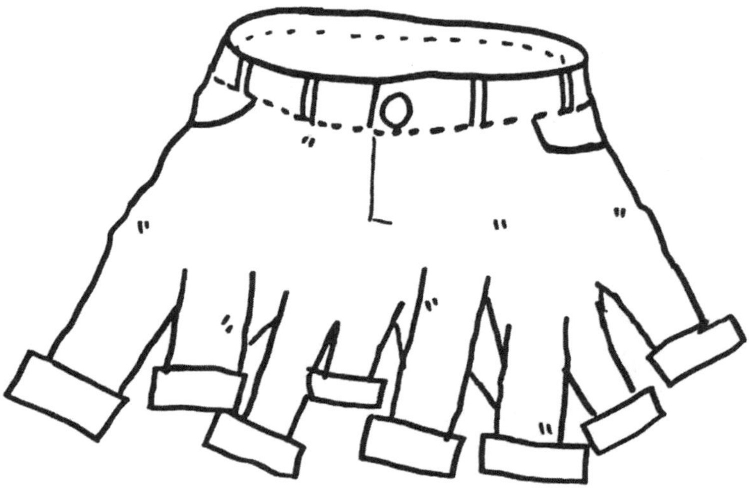

PANTACOURT POUR POULPE

HIÉRARCHIE DANS LE BUS

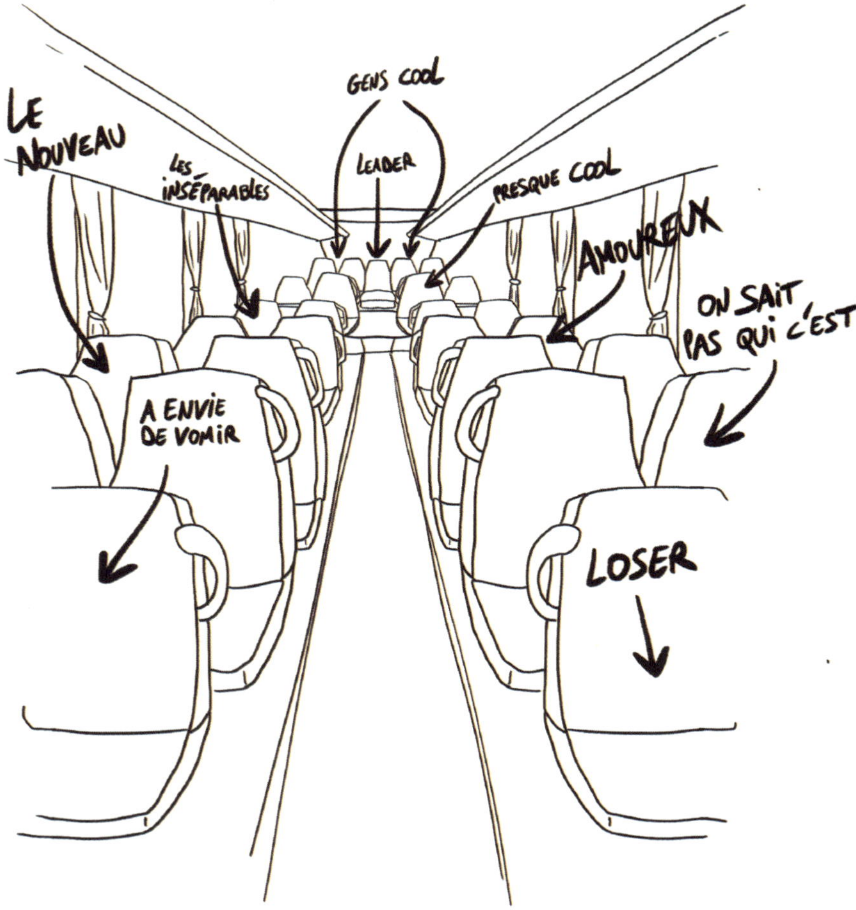

CAVERNE D'ALI BABA

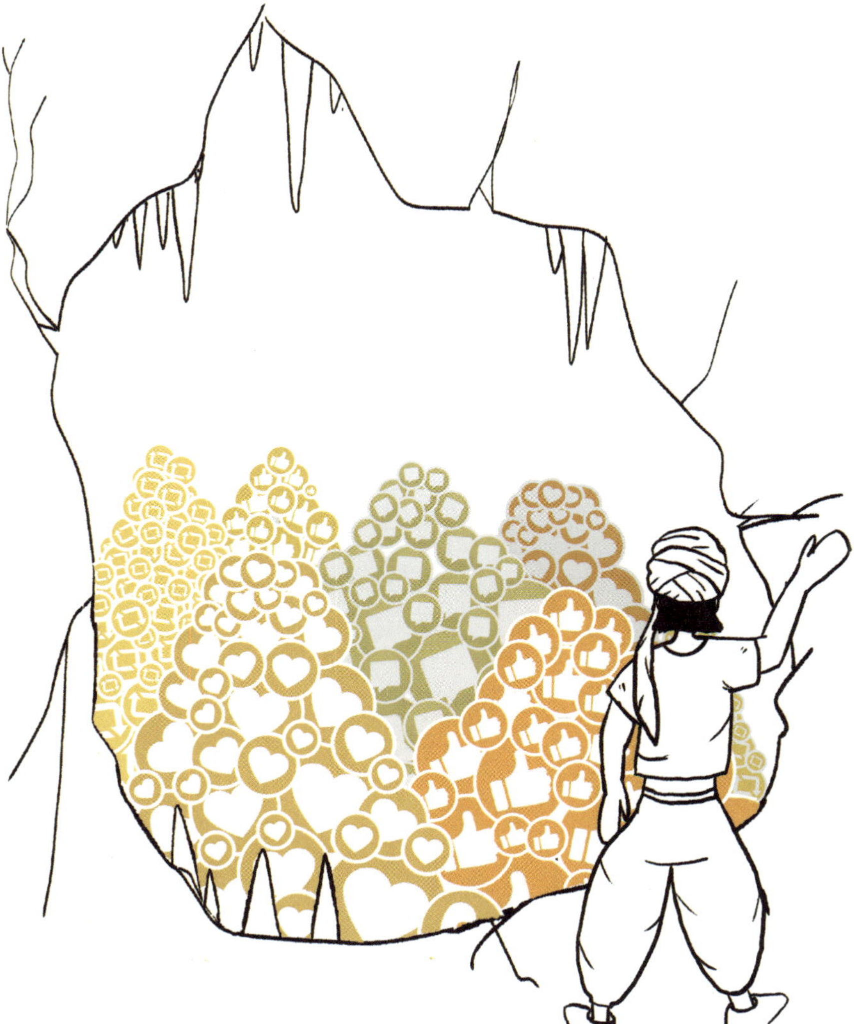

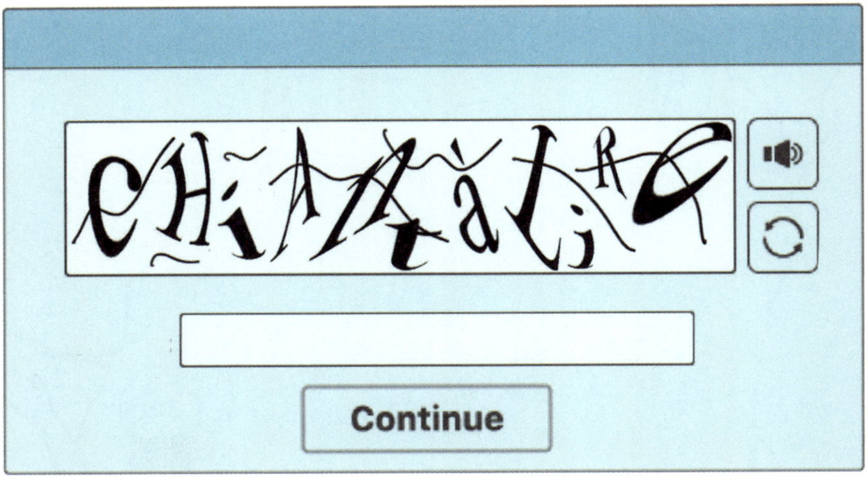
Continue

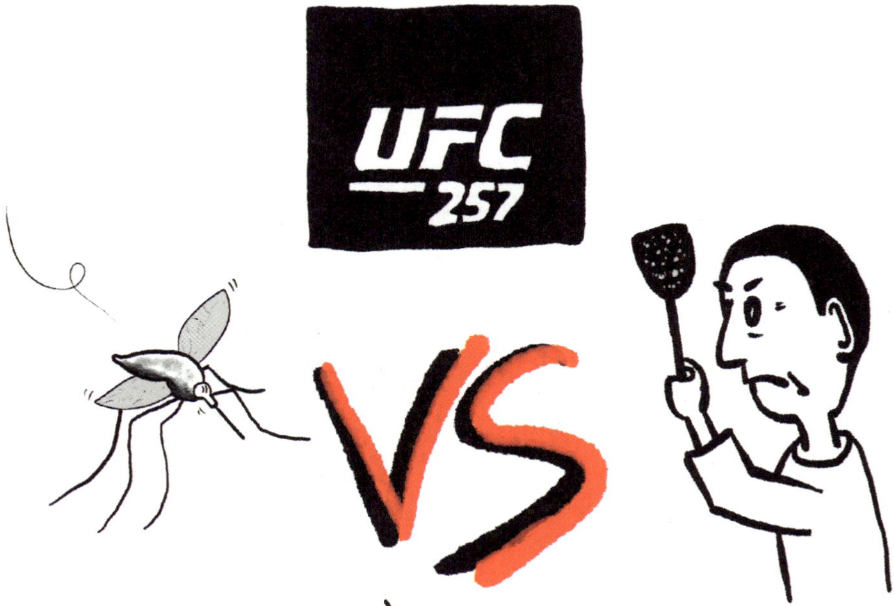

COMBAT À 3H DU MATIN

LES VERRES

CÉRÉMONIAL

CLASSE

AUCUNE PERSONNALITÉ

PEUT SERVIR DE CENDRIER

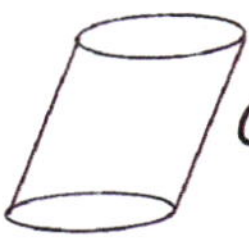

CE RESTAURANT SE LA RACONTE

TU AIMES LA MOUTARDE

DÉCOUVRIR QUE TU AS 8 ANS

LA VIE EN COUPLE

Tortues Colocs

TORTUE PARISIENNE

Tortue Milliardaire

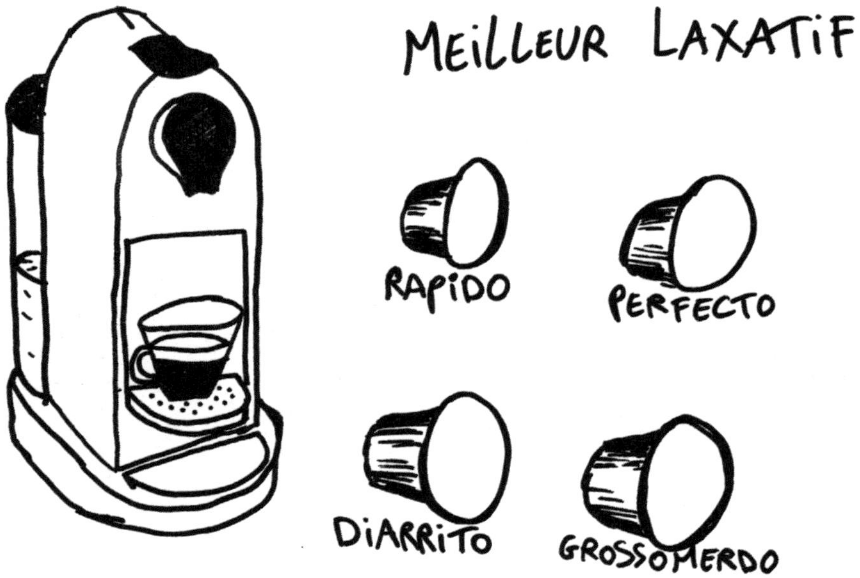
MEILLEUR LAXATIF
RAPIDO
PERFECTO
DIARRITO
GROSSOMERDO

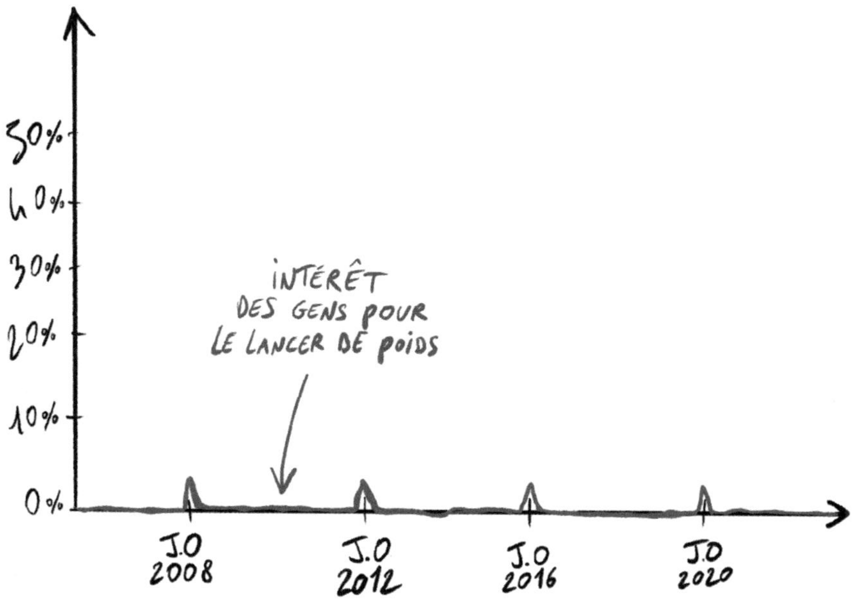

50%
40%
30%
20%
10%
0%
INTÉRÊT DES GENS POUR LE LANCER DE POIDS
J.O 2008
J.O 2012
J.O 2016
J.O 2020

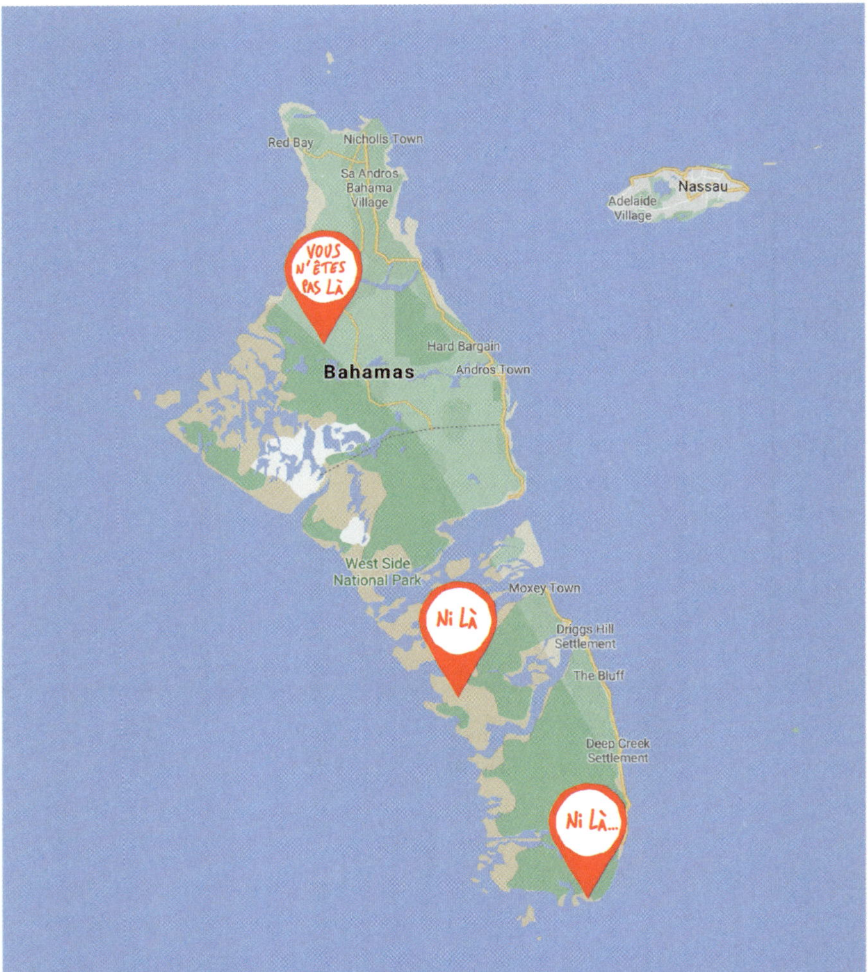
Red Bay
Nicholls Town
Sa Andros
Bahama
Village
Nassau
Adelaide
Village
VOUS
N'ÊTES
PAS LÀ
Hard Bargain
Bahamas
Andros Town
West Side
National Park
Moxey Town
NI LÀ
Driggs Hill
Settlement
The Bluff
Deep Creek
Settlement
NI LÀ...

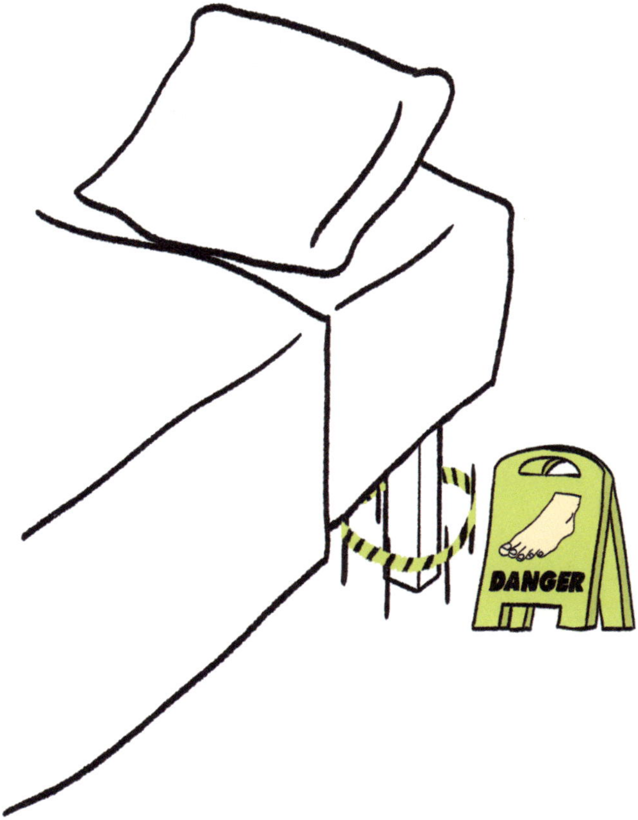
DANGER

PASS SANITAIRE

QUAND TU PARS PAS EN VACANCES

Bio c' Cher

PLUS JAMAIS JE LE PORTE !

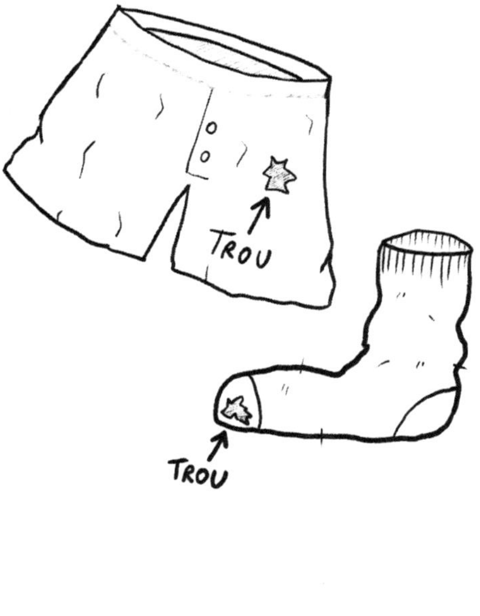

ÇA PASSE...

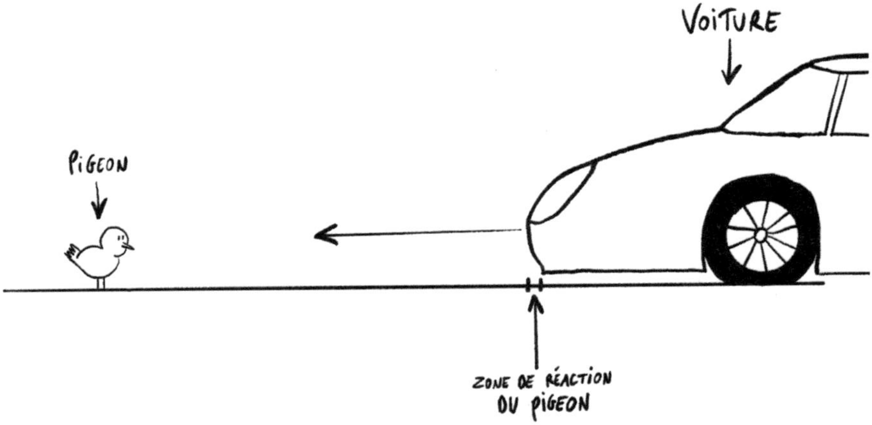
VOITURE
PIGEON
ZONE DE RÉACTION
DU PIGEON

CHATIÈRE
LAMATIÈRE

LA BANANE

FRUIT

GAG

LOGO

points

coupe

insulte nulle

AUTRES...

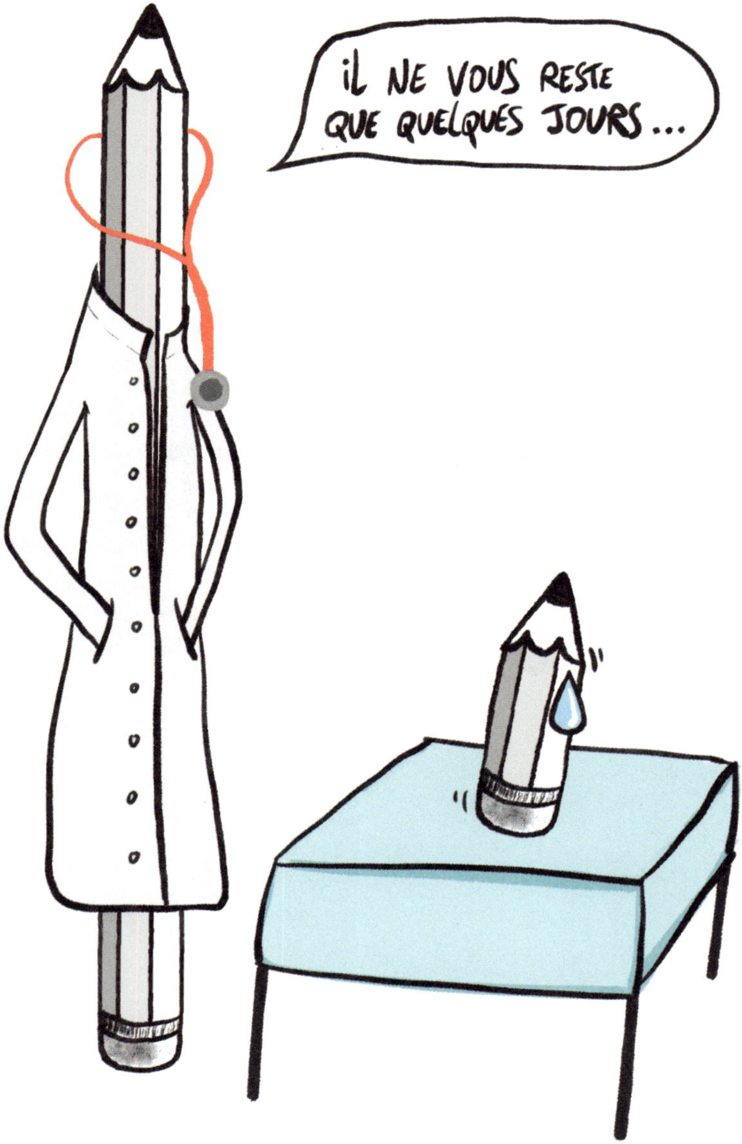
iL NE VOUS RESTE QUE QUELQUES JOURS...

404

Page Not Found

CHIFFON

ALLUME-FEU

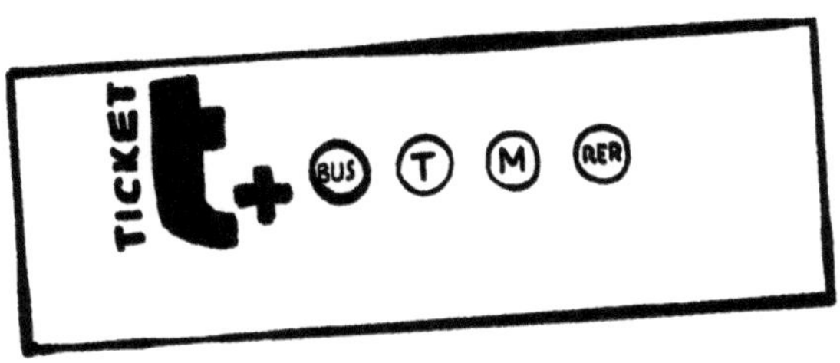

TONCAR

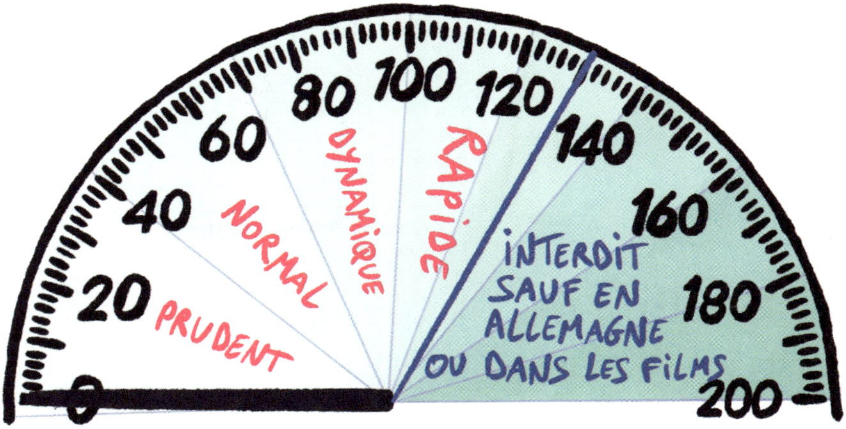
0
20
40
60
80
100
120
140
160
180
200
PRUDENT
NORMAL
DYNAMIQUE
RAPIDE
INTERDIT
SAUF EN
ALLEMAGNE
OU DANS LES FILMS

GOTHIQUE À LA PLAGE

LE THÉORÈME DU RETARD

HEURE D'ARRIVÉE
– TEMPS DU TRAJET
+ VÉRIFIER SI LA PORTE EST BIEN FERMÉE (X3)
+ VÉRIFIER SI LE GAZ EST BIEN ÉTEINT (X2)
+ CHANGER DE TENUE AU DERNIER MOMENT
+ PETIT ALLER-RETOUR CAR TU AS OUBLIÉ TON PORTEFEUILLE
– 3 MINUTES CAR TU COURS COMME UN OUF
+ TA CARTE DE TRANSPORT NE FONCTIONNE PLUS
+ TU TE TROMPES DE CHEMIN (X2)
+ UN MIRACLE

= À L'HEURE !

DALMATIEN QR CODE

QUAND TU CHILL
SUR TON TÉL...

QUAND T'AS UN TRUC
HYPER IMPORTANT À FAIRE
SUR TON TÉL !!!

AMOUR

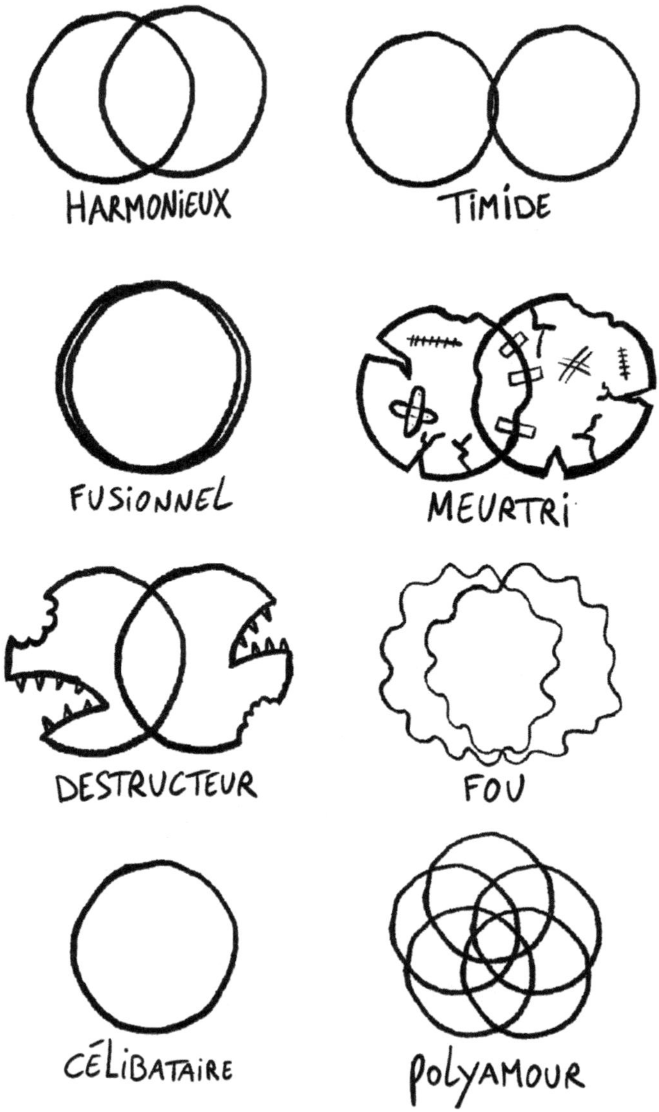
HARMONIEUX
TIMIDE
FUSIONNEL
MEURTRI
DESTRUCTEUR
FOU
CÉLIBATAIRE
POLYAMOUR

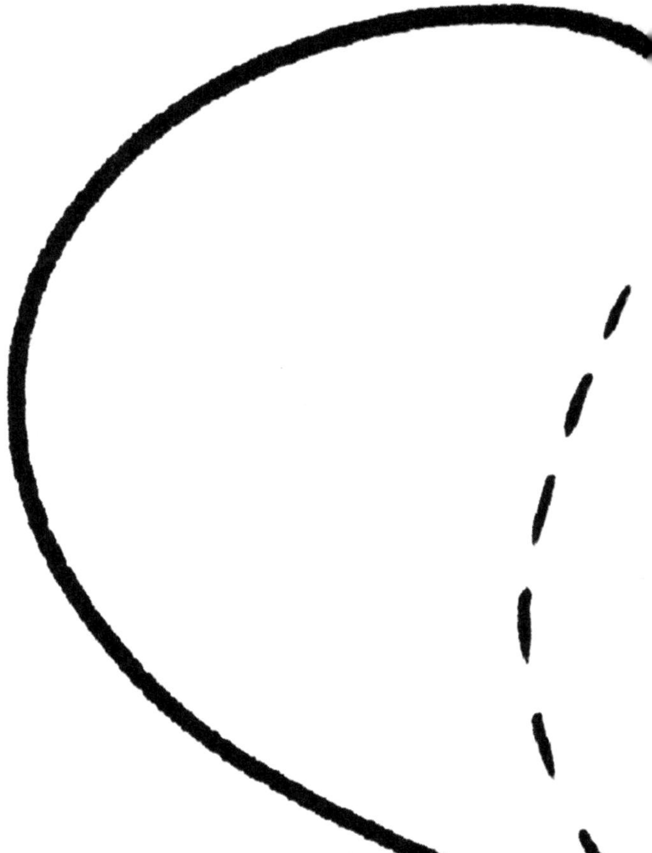

LE GRAND AMOUR

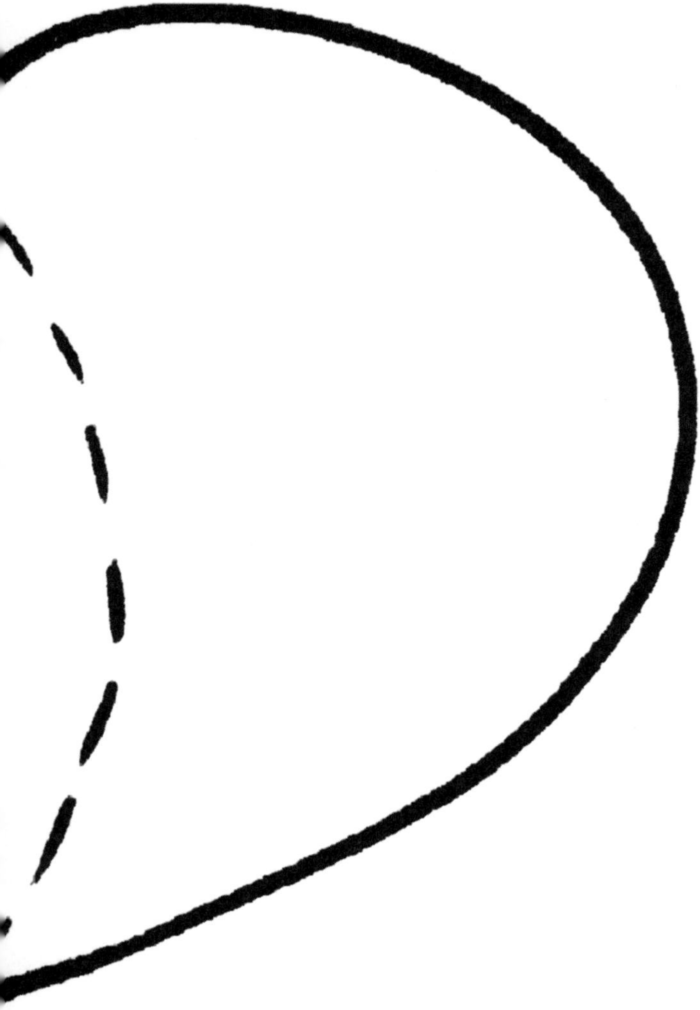

ABSOLUT®
RABAT

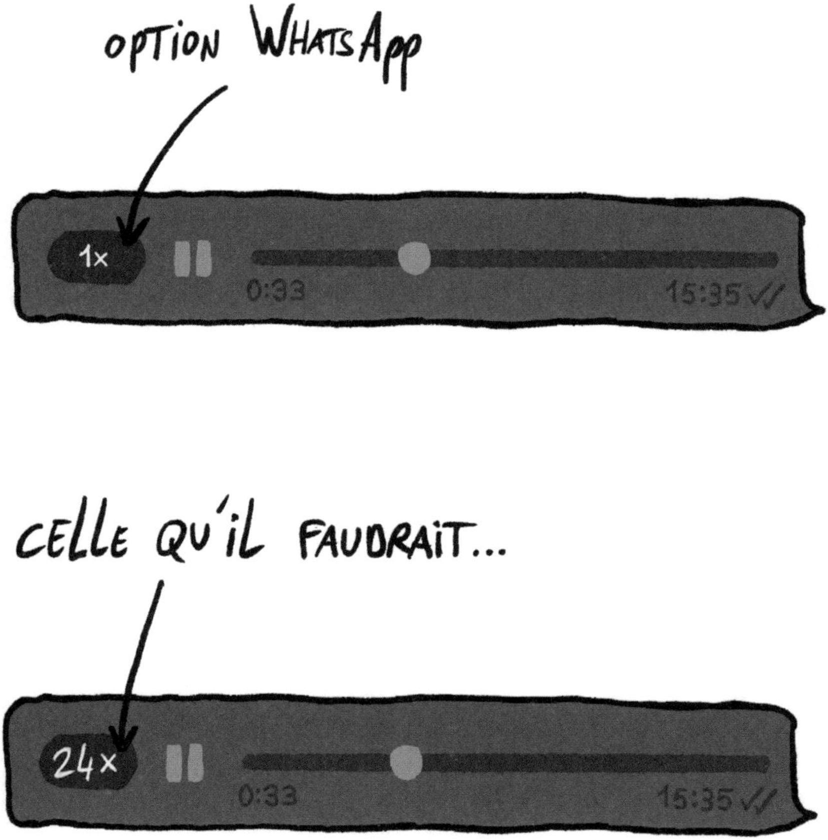
option WhatsApp
1x
0:33
15:35
celle qu'il faudrait...
24x
0:33
15:35

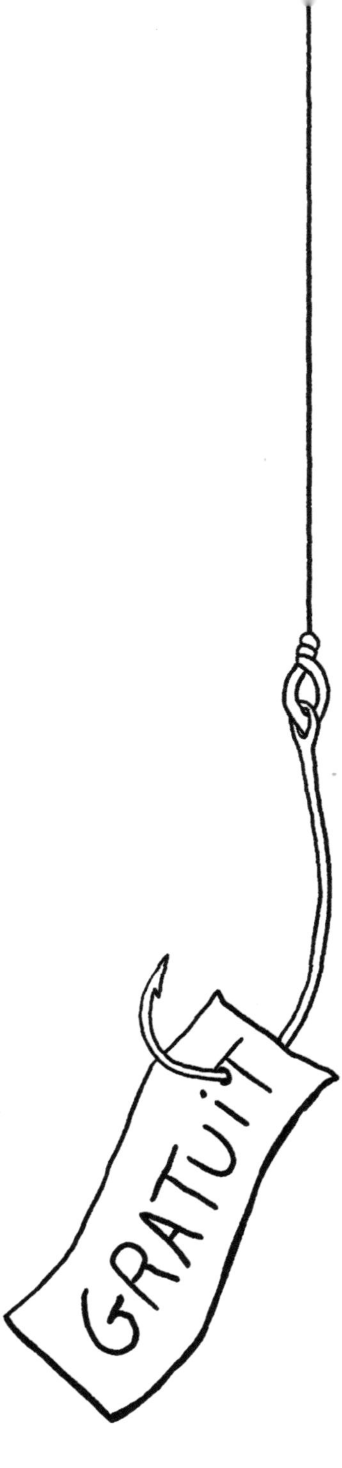
GRATUIT

PENSE À PRENDRE DU PAIN !

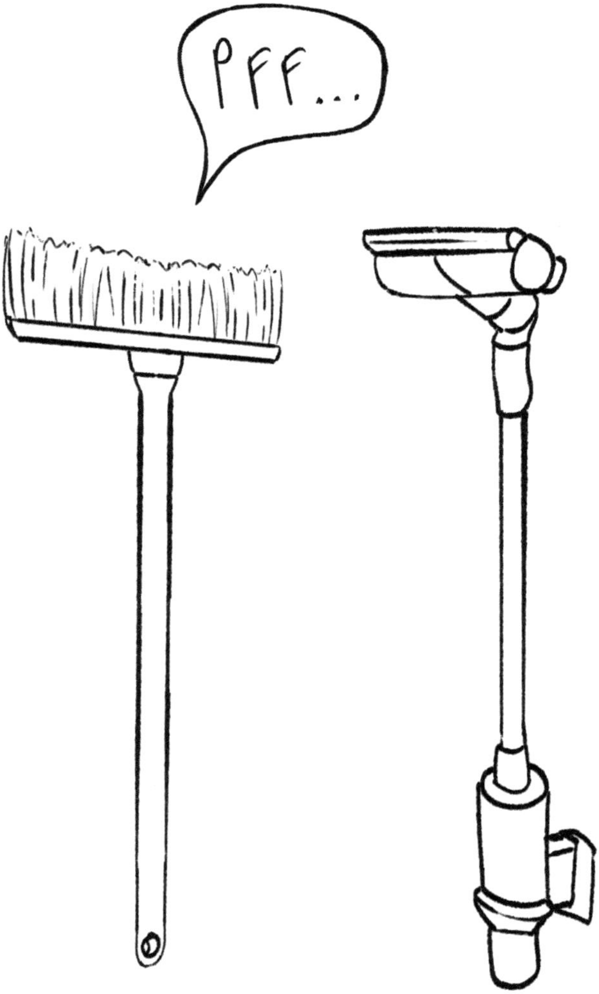
PFF...

GÉNÉRATEUR DE NOMS DE RESTAURANTS "BOBO"

COMMENCE PAR CHOISIR UN NOM DE LIEU POPU	AJOUTE UN ADJECTIF RANDOM	UN PRÉNOM SIMPLE DE CE STYLE	ET UN AUTRE PLUS TECHNIQUE
LA CANTINE	ROUGE	DE CLÉMENT	ET FRAMBOISE
L'ATELIER	ÉLECTRIQUE	DE LOUISE	ET AUGUSTIN
LE GARAGE	MAGIQUE	DE LÉO	ET BALTHAZAR
LE HANGAR	FABULEUX.SE	DE ZOÉ	ET GRENADINE
L'USINE	AUTOMATIQUE	DE FÉLIX	ET CASSIOPÉE
L'ENTREPÔT	VÉGÉTAL.E	DE CAMILLE	ET FLEUR
LE LAVOIR	ÉPHÉMÈRE	DE JULES	ET VANILLE

LE SPECTACLE PRÉFÉRÉ DE MON CHAT

DISCUSSION DE SECOURS

À UTILISER EN CAS D'URGENCE

Autoroute

Si y'a un radar j'suis cuit
J'adore être au centre de l'attention
Mon véhicule est pas ouf

PEINTURE MAL CADRÉE

ÉNERGIE QUAND TU APPRENDS À FAIRE DU SURF

MON NIVEAU EN DESSIN AU FIL DE MA VIE...

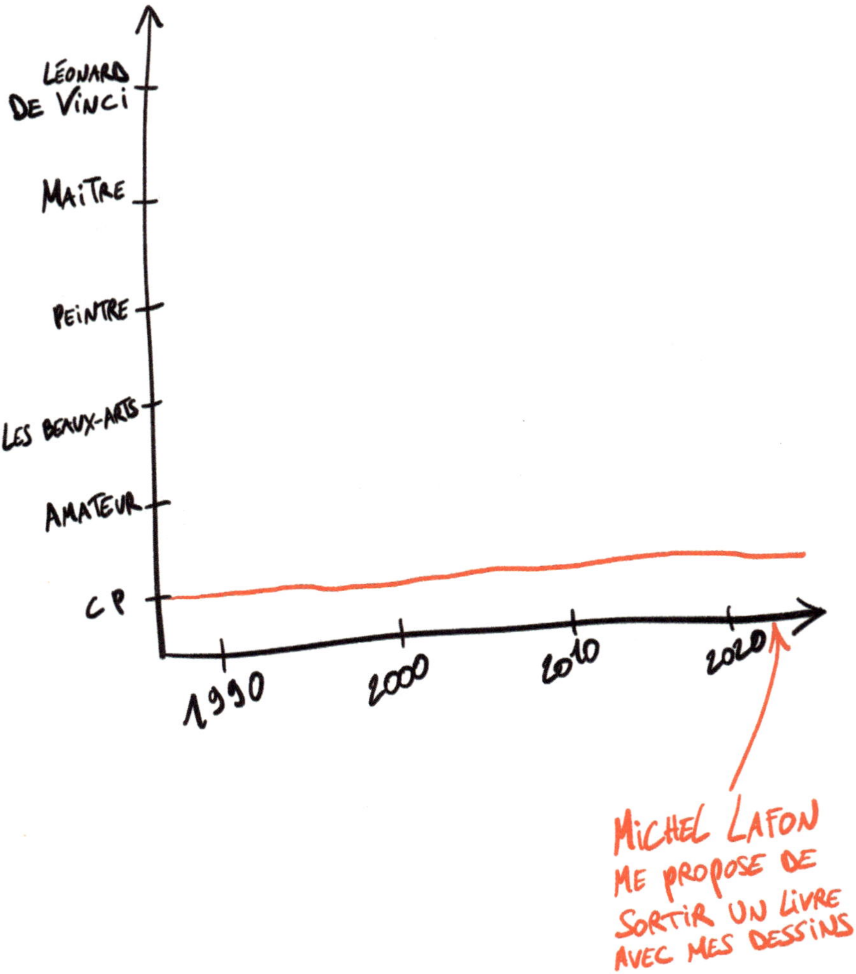

LES OBJETS CONNECTÉS DANS PEU DE TEMPS...

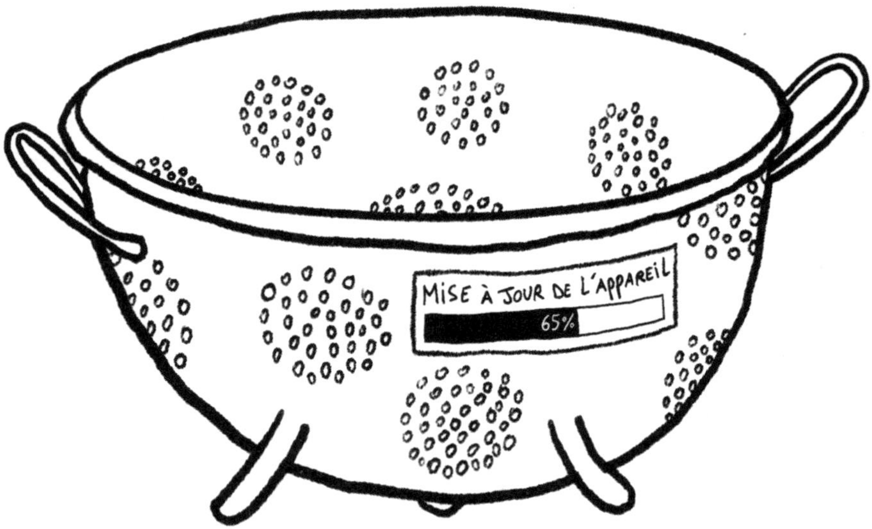

LA TERRE SELON LES :

PLATISTES

OVALISTES

CUBISTES

DONUTISTES

MESSAGE VOCAL

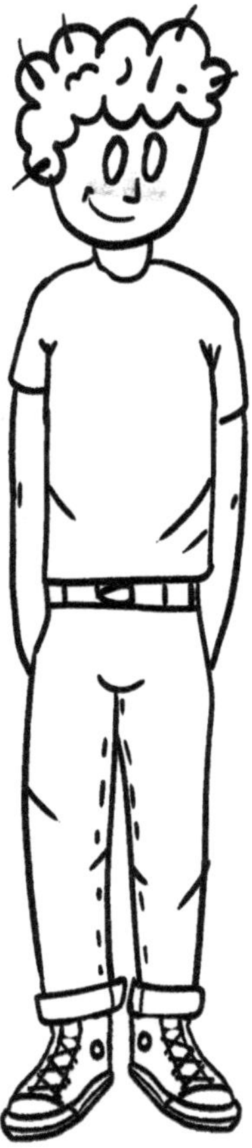

MESSAGE RÉPONDEUR

CARTE
SALLE DE SPORT
FORFAIT FLEMME : 0 SÉANCE
40 EUROS/MOIS PENDANT 1 AN

MEC, C'EST FOU COMME IL TE RESSEMBLE

Êtes-vous toujours en train de lire ce livre ?

On juge pas, c'est juste pour vérifier que tu t'es pas endormi et pas laisser un livre ouvert pour rien.

Oui

Zzzzzzzz...

16/9ème

CinémaScope

Ultra CinémaScope

Ultra Mega CinémaScope

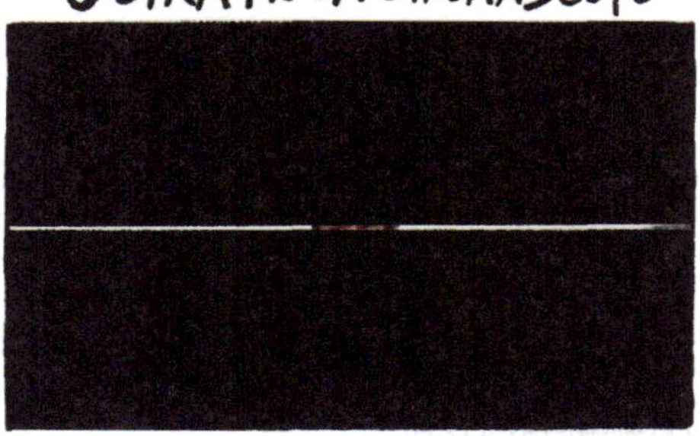

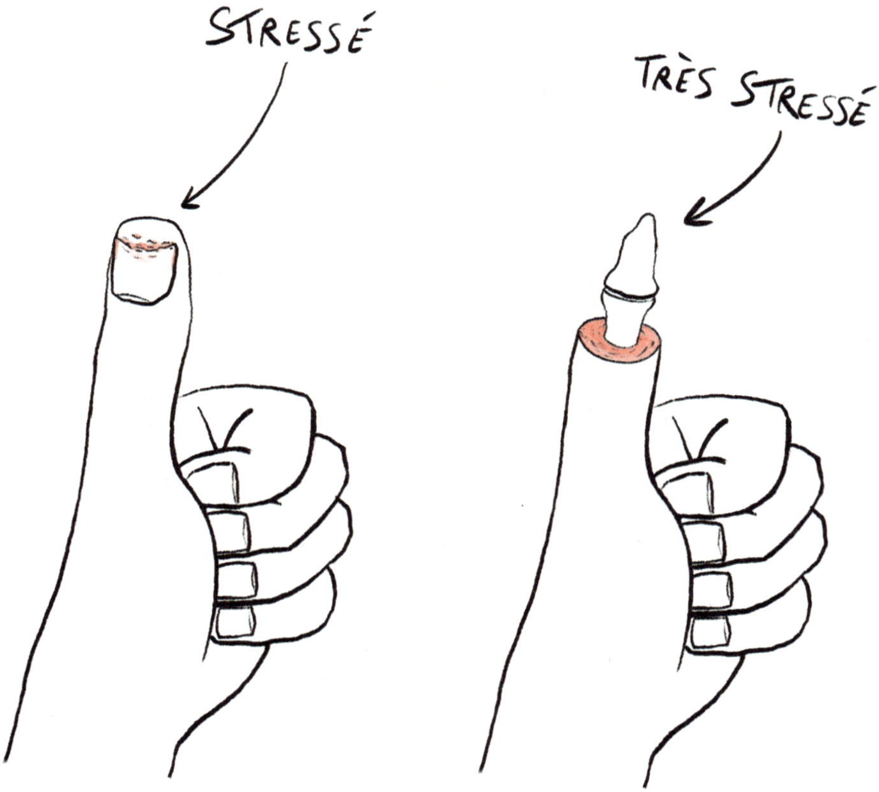
STRESSÉ
TRÈS STRESSÉ

TO DO LIST
(DE MON CHAT)

- PENSER À GRATTER LE CANAPÉ
- FAIRE UNE 5ÈME SIESTE
- REGARDER LE MUR
- M'ALLONGER SUR LE CLAVIER
- MANGER LES PLANTES
- RECOMPTER MES VIES
- ME CACHER PENDANT 2 JOURS

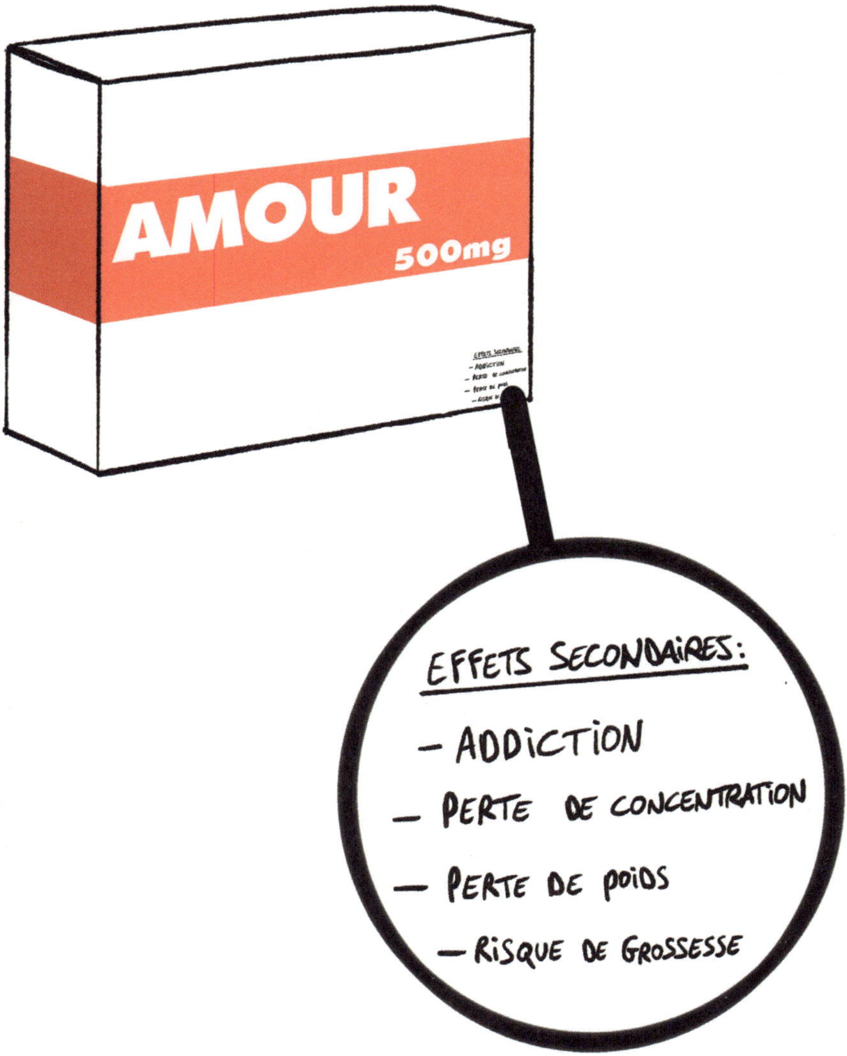
AMOUR
500mg
EFFETS SECONDAIRES:
– ADDICTION
– PERTE DE CONCENTRATION
– PERTE DE POIDS
– RISQUE DE GROSSESSE

MARIAGE
500mg
EFFETS SECONDAIRES:
– PRISE DE POIDS
– PERTE DE LIBIDO
– DIVORCE
– PERTE D'ARGENT

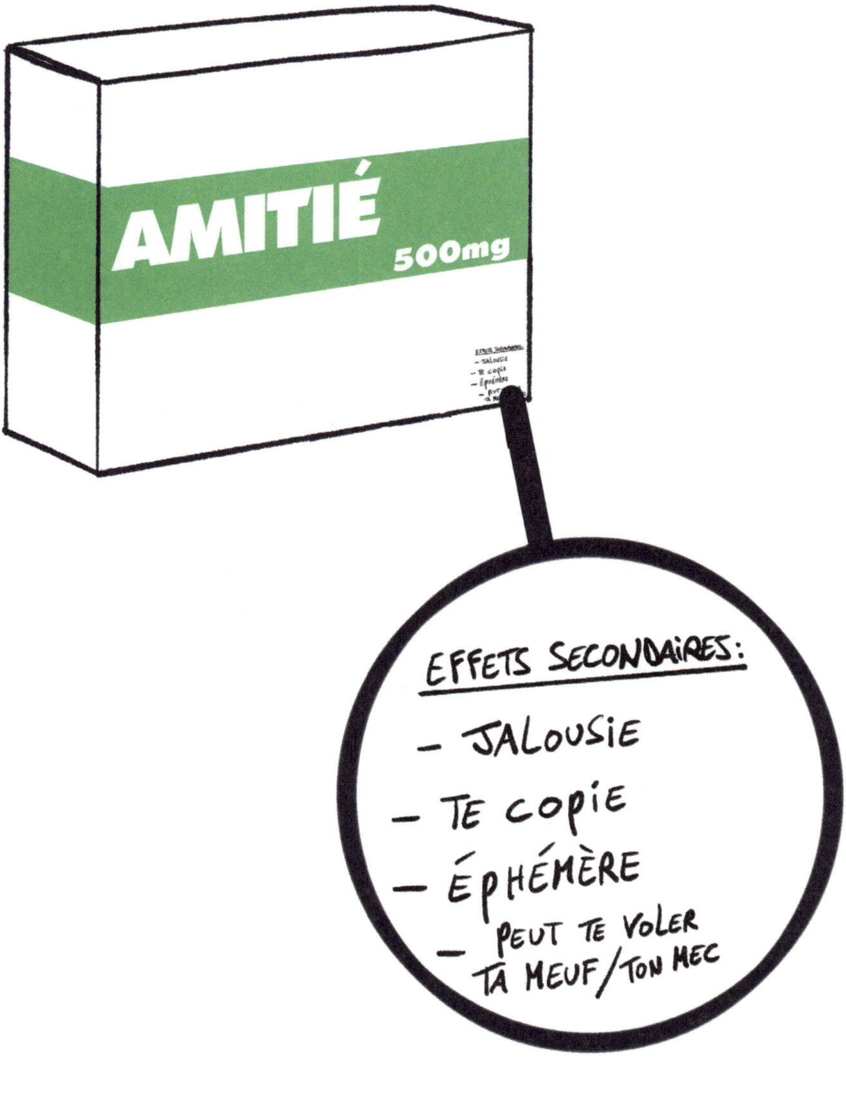
AMITIÉ
500mg
EFFETS SECONDAIRES:
– JALOUSIE
– TE COPIE
– ÉPHÉMÈRE
– PEUT TE VOLER TA MEUF/TON MEC

JOUET POUR CHAT

JOUET POUR CHAT

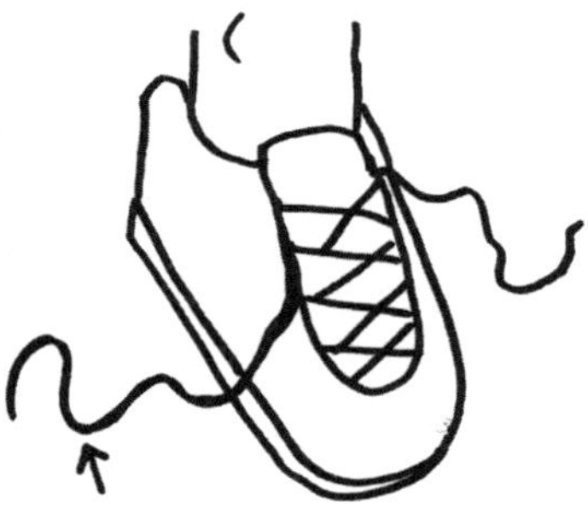

JOUET POUR CHAT

UN MEC QUI AGITE UN TRUC

CONTRAT
SIGNATURE :
PRÉCÉDÉE DE LA MENTION "PAS LU MAIS APPROUVÉ"
AINSI QUE LA MENTION "BON... BAH... D'ACCORD !"

ILS SONT PARTIS TROP TÔT...

OUVRIR UN LIVRE...

Y RETROUVER DU SABLE
= POÉTIQUE

Y RETROUVER DE LA TERRE
= DÉGUEULASSE

RÉVEIL

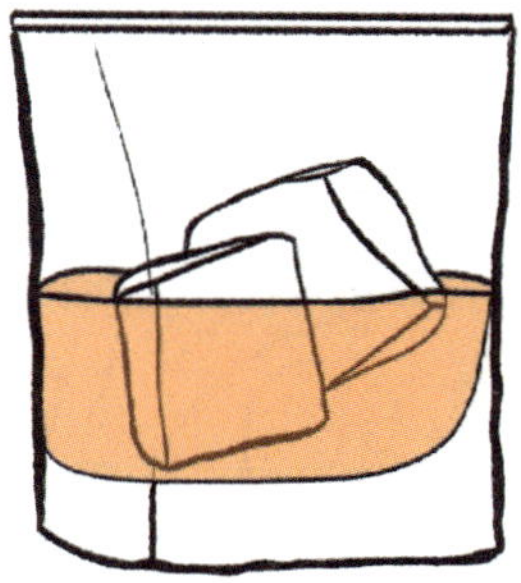

MÉDICAMENT

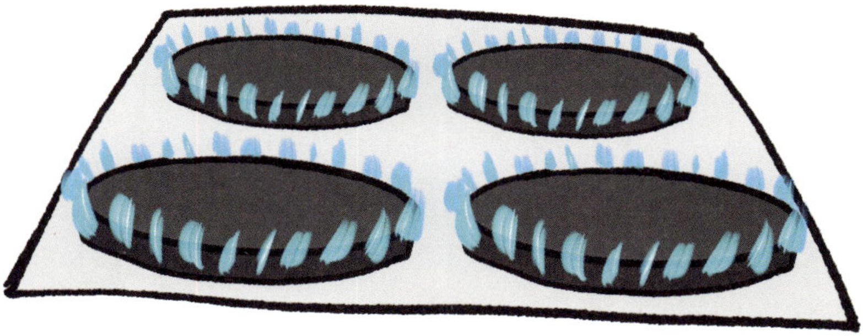

BRIQUET

LA TENUE DU DIMANCHE

TOBOGGAN

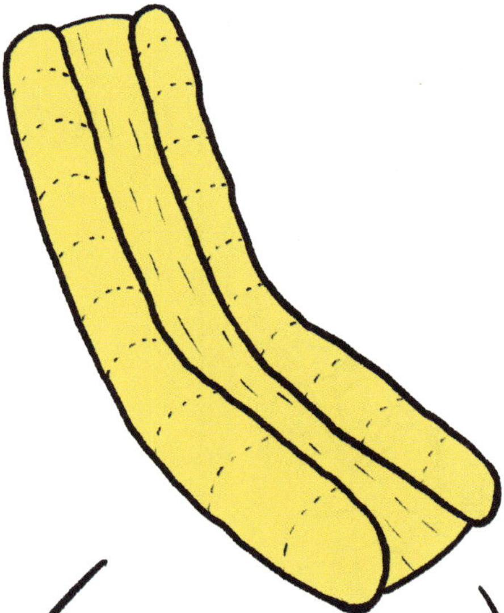

À LA PISCINE → PLAISIR !

DANS UN AVION → PANIQUE

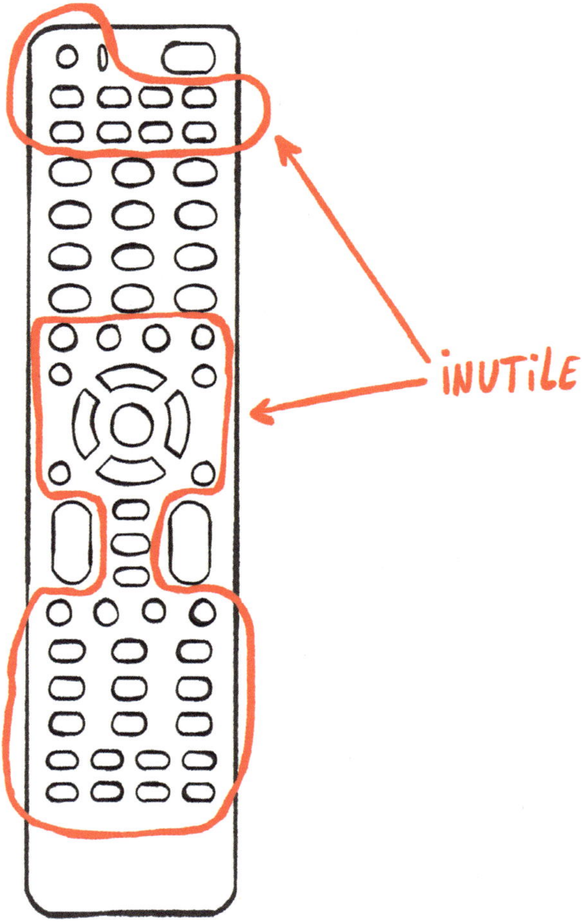
iNUTiLE

SCANNER DE QUELQU'UN QUI CHERCHE SES CLÉS

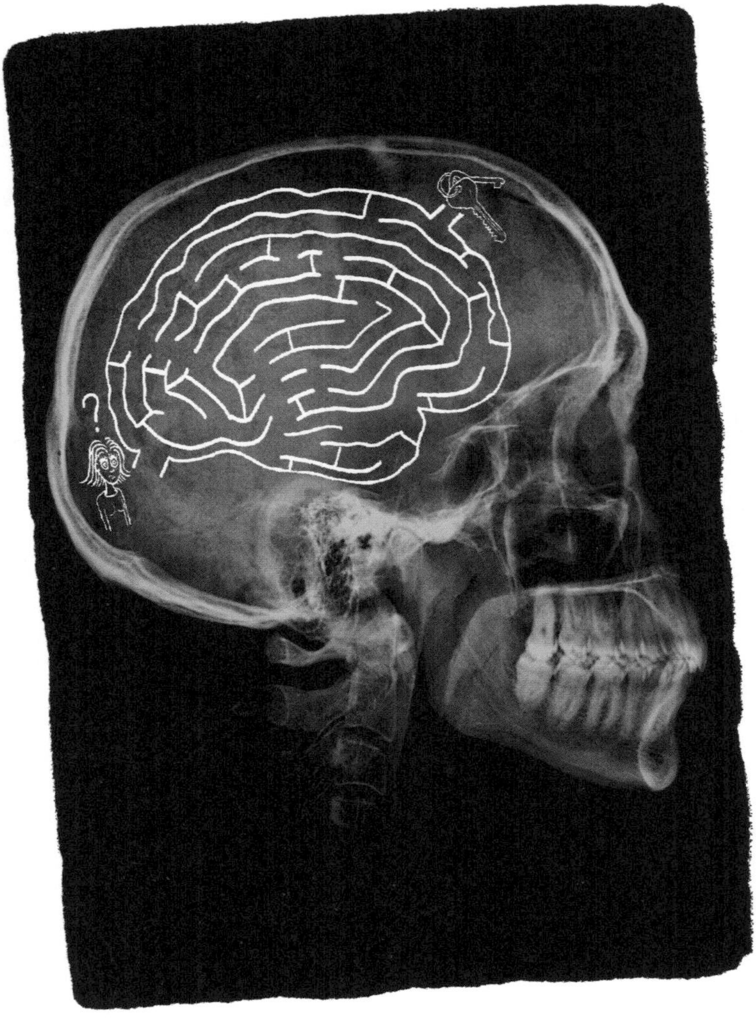

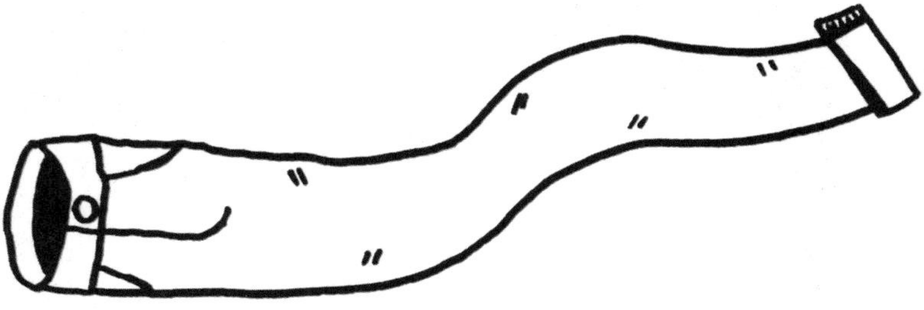

PANTALON POUR SERPENT

RÉPARTITION DES NUMÉROS DANS TON RÉPERTOIRE

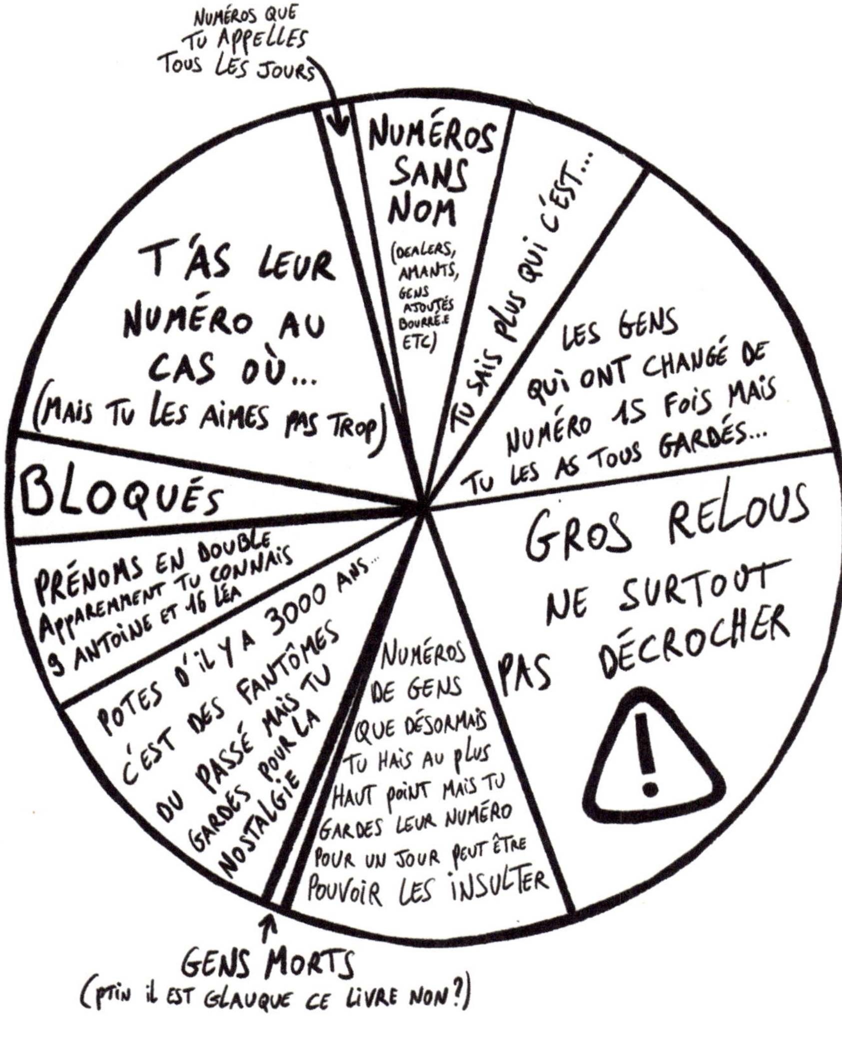

FUSIL ANTI-CHASSEUR

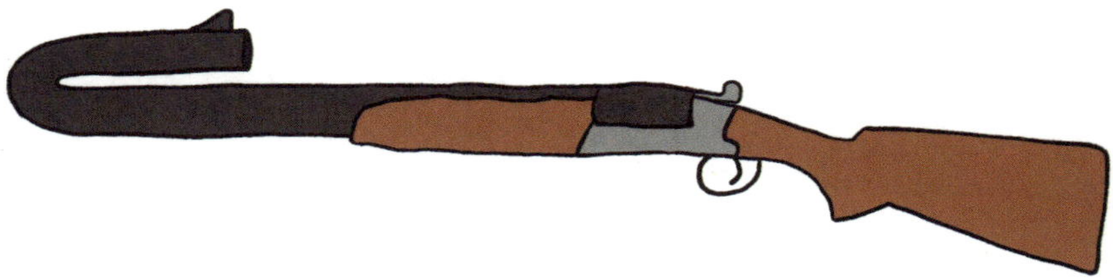

LES RECALÉS DU CASTING DE TOY STORY

OMBRES CHINOISES NIVEAU 1

INSULTER QUELQU'UN DANS LA VIE : NON !

INSULTER QUELQU'UN SUR LES RÉSEAUX SOCIAUX : NON !

INSULTER QUELQU'UN DE CONNU DANS LA VIE : NON !

INSULTER QUELQU'UN DE CONNU SUR LES RÉSEAUX SOCIAUX : AUTORISÉ

MESSAGE AUDIO TROP LONG

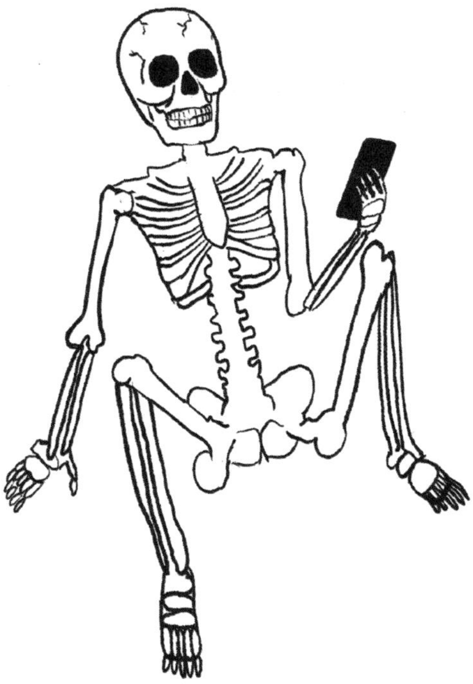

GÂTEAUX DE DIVORCE

LA BARBE

(ENFIN, SURTOUT LA MIENNE)

MANIFESTATION POSITIVE

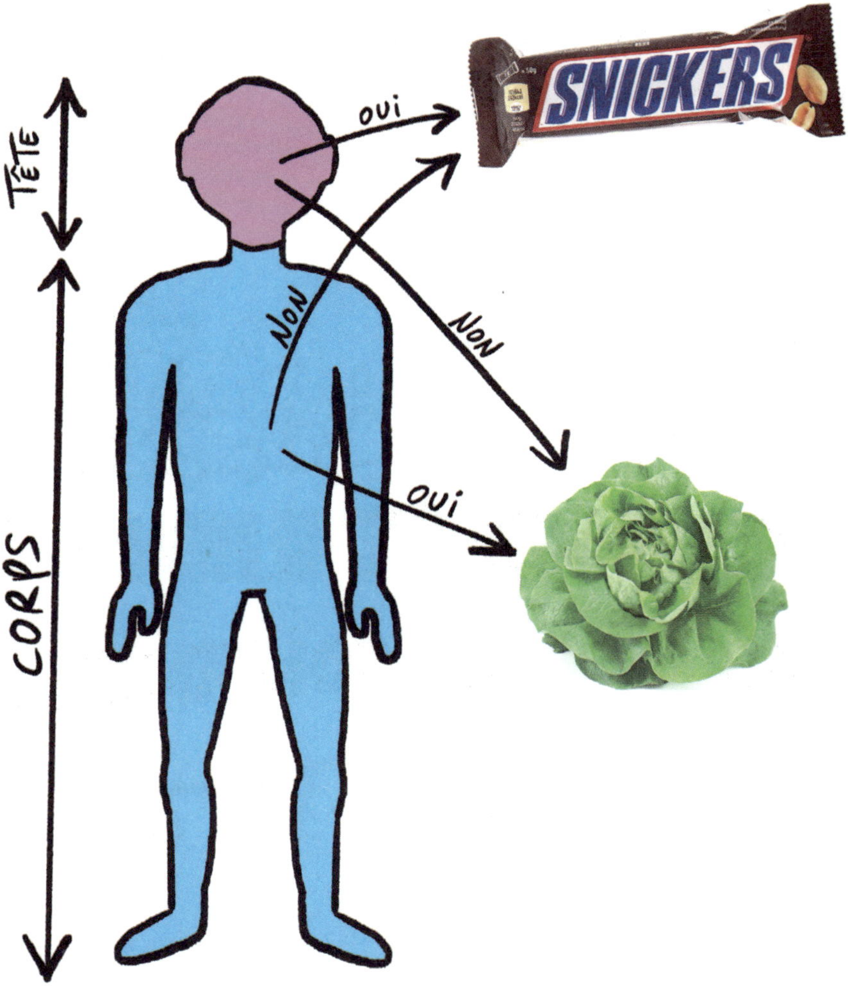
TÊTE
CORPS
OUI
NON
NON
OUI
SNICKERS

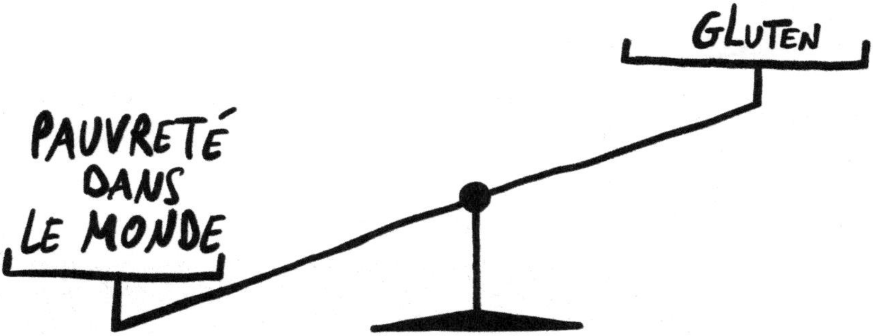
GLUTEN
PAUVRETÉ DANS LE MONDE

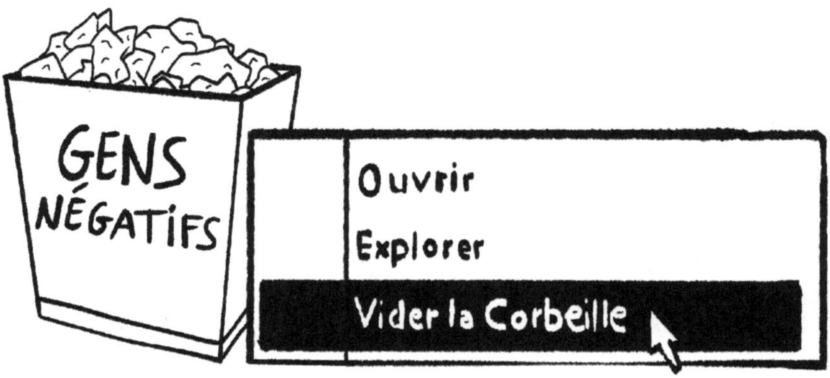
GENS NÉGATIFS
Ouvrir
Explorer
Vider la Corbeille

TA CHAMBRE APRÈS AVOIR VU UN FILM D'HORREUR...

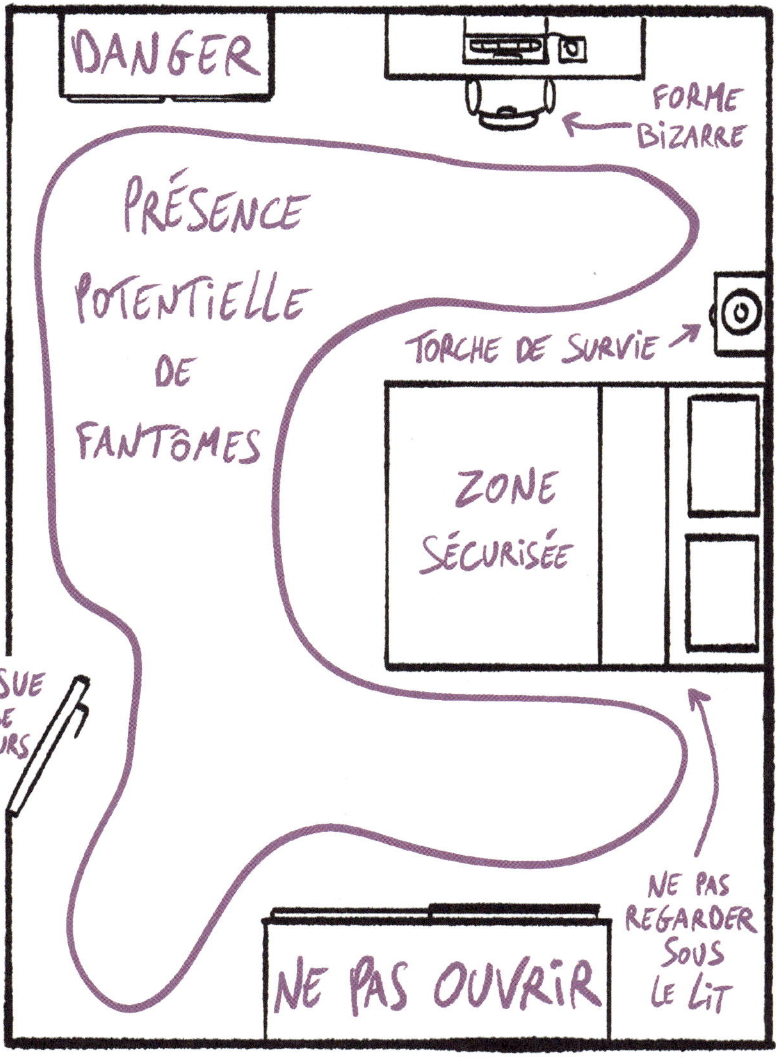

Tirelire à Bitcoins

LISTE DES CHOSES QU'ON A DROIT D'EMPRUNTER À UN.E POTE ET DE PAS LUI RENDRE :
(ET APPAREMMENT C'EST PAS GRAVE)

- BRIQUET
- CHARGEUR DE TÉL
- STYLO
- SOUS-VÊTEMENTS
- LIVRE
- FRITES
- ÉLASTIQUE (POUR CHEVEUX)
- LABELLO
- ~~SON CHIEN~~

TENUE CAMOUFLAGE VILLE

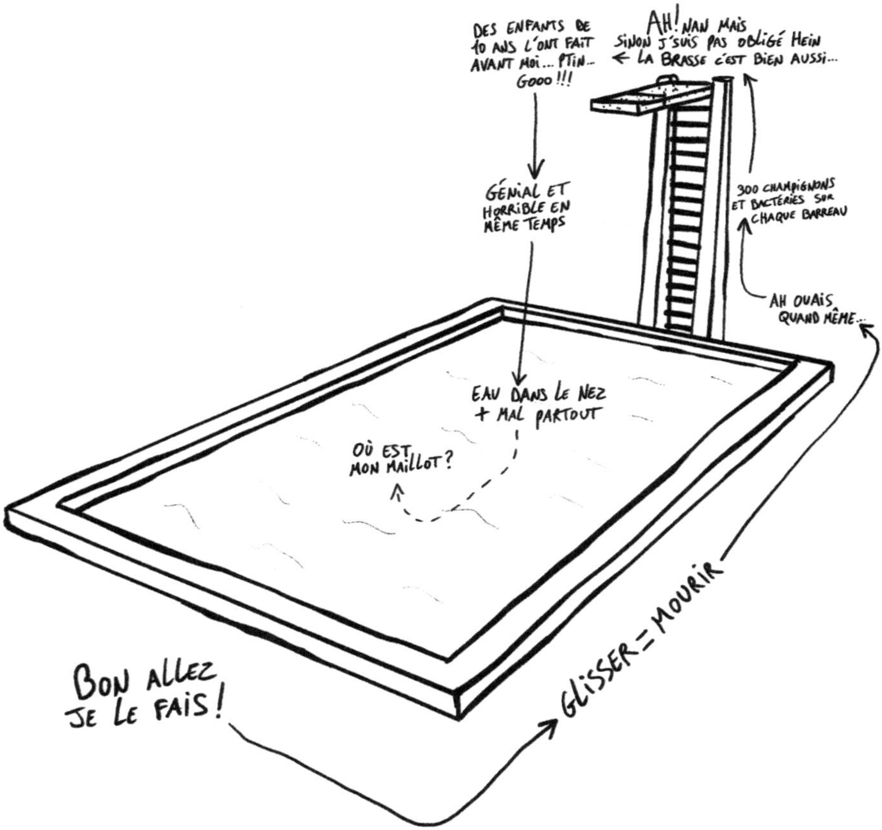
DES ENFANTS DE 10 ANS L'ONT FAIT AVANT MOI... PTIN... GOOO !!!
AH! NAN MAIS SINON J'SUIS PAS OBLIGÉ HEIN
LA BRASSE C'EST BIEN AUSSI...
GÉNIAL ET HORRIBLE EN MÊME TEMPS
300 CHAMPIGNONS ET BACTÉRIES SUR CHAQUE BARREAU
AH OUAIS QUAND MÊME...
EAU DANS LE NEZ + MAL PARTOUT
OÙ EST MON MAILLOT ?
BON ALLEZ JE LE FAIS !
GLISSER = MOURIR

PUTACLIK

VOUS NE DEVINEREZ JAMAIS CE QU'IL SE PASSE DANS CETTE VIDÉO À 2 MIN ET 5 SEC

TEMPS DE LECTURE QU'IL VOUS RESTE AVANT DE FINIR CE LIVRE :

SI VOUS LISEZ TRÈS LENTEMENT 4 HEURES

SI VOUS NE REGARDEZ QUE LES IMAGES 12 MINUTES

SI VOUS NE PARLEZ PAS FRANÇAIS 1 AN (LE TEMPS D'APPRENDRE)

SI VOUS FAITES SEMBLANT DE LIRE 40 SECONDES

SI EN PARALLÈLE VOUS LISEZ AUSSI L'INTÉGRALE DU SEIGNEUR DES ANNEAUX 5 MOIS

SI VOUS LISEZ NORMALEMENT JE SAIS PAS...

PROBLÈMES

DESSIN NON SATISFAISANT

URINOIR

CHAUSSE-PIED

ESCLAVE

POURQUOI VOULEZ-VOUS
VOUS DÉSINSCRIRE DE
NOTRE NEWSLETTER ?

VOUS AVEZ 4 HEURES.

SURFEURS
GENS

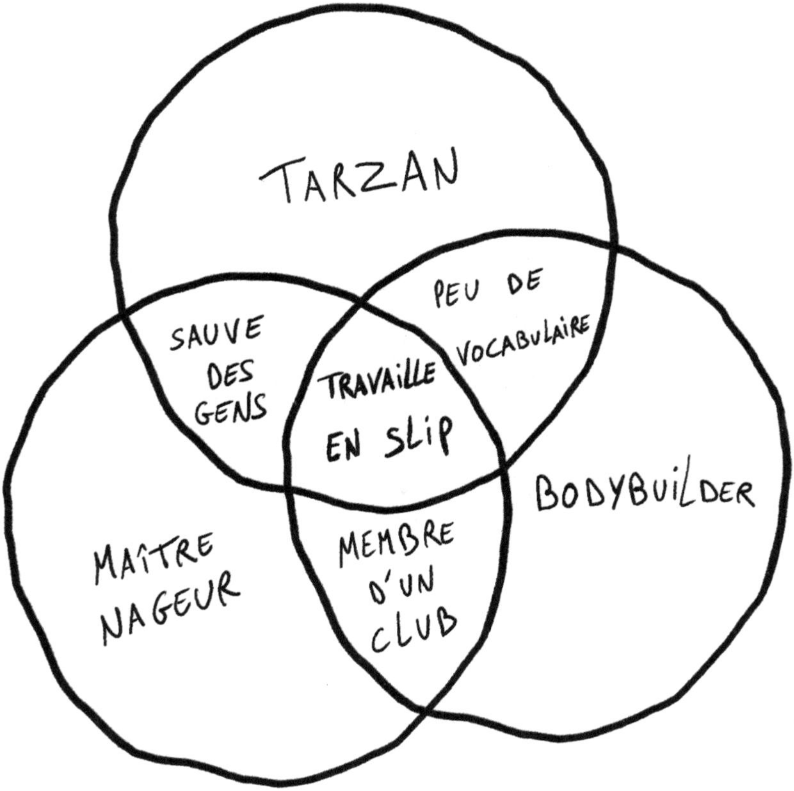
TARZAN
PEU DE VOCABULAIRE
SAUVE DES GENS
TRAVAILLE EN SLIP
BODYBUILDER
MAÎTRE NAGEUR
MEMBRE D'UN CLUB

ToiLettes
(-3000 avant J.C.)

LE TRAJET QUE FAIT TON UBER QUAND TU L'ATTENDS...

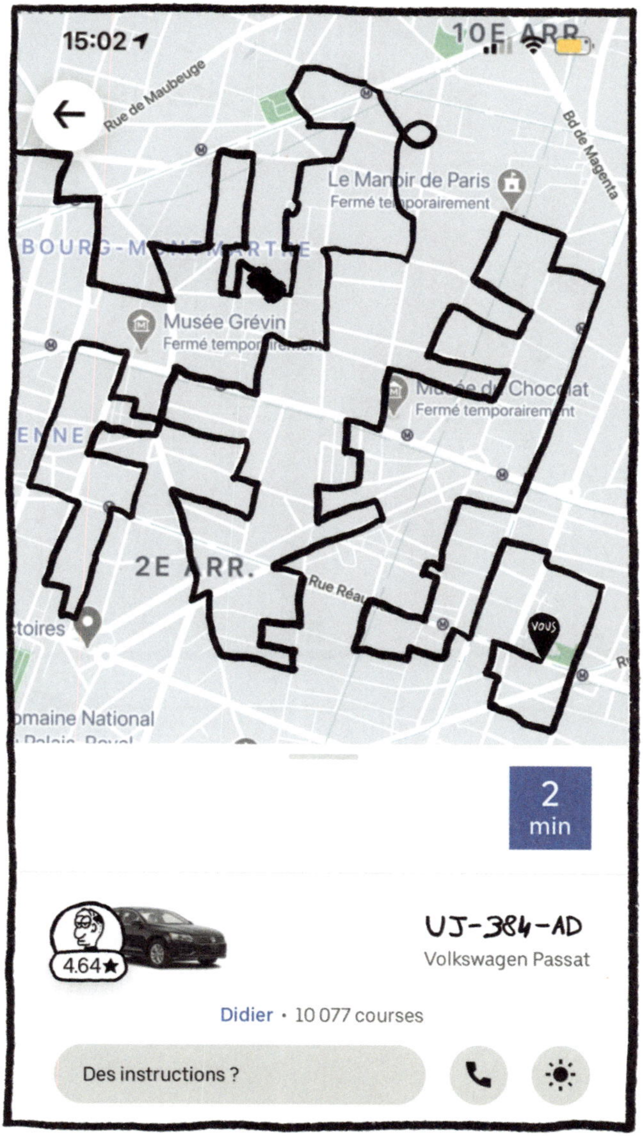

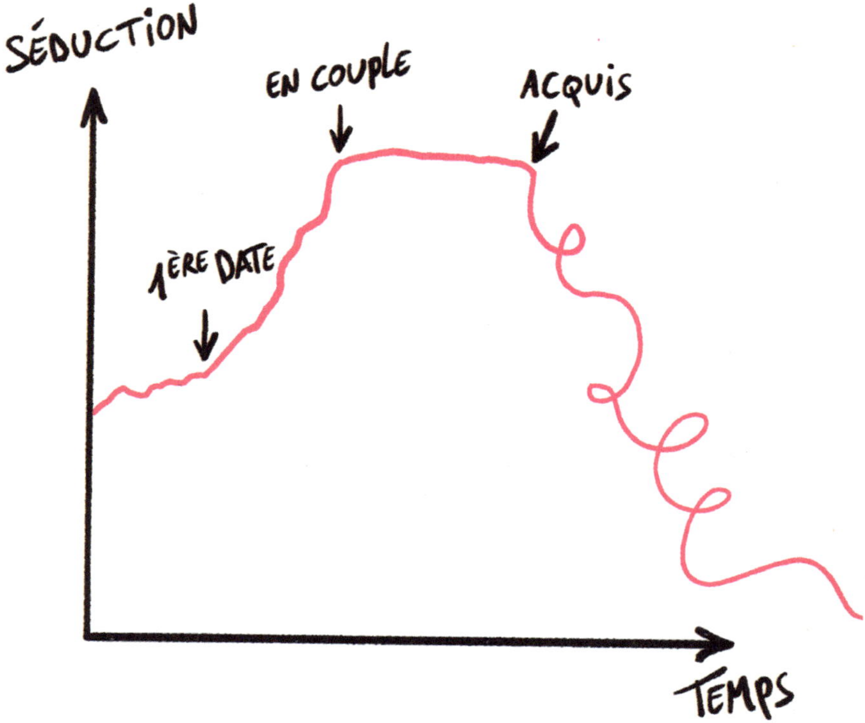

SÉDUCTION
EN COUPLE
ACQUIS
1ÈRE DATE
TEMPS

alpinestars
BUGATTI
SUZUKI
Red Bull
SUZUKI
alpinestars
KTM
BUGATTI
YAMAHA
HONDA
Red Bull
SUZUKI

LE PRODUIT QUE TU VEUX
LE STOCK
DES MAGASINS

JE VOUS PRÉSENTE L'iPHONE!
AVEC ÇA, VOTRE COMPAGNE OU COMPAGNON POURRA ESPIONNER CHACUN DE VOS FAITS ET GESTES PARTOUT DANS LE MONDE 24H/24H, AVEC HISTORIQUE ET PREUVES À L'APPUI! À VOUS LES EMBROUILLES ET DIVORCES!
ALORS?

DÉCLARÉE SOURCE DE JEUNESSE
PAR ~~VOTRE CORPS~~
EVIAN

QUAND TU FAIS UN JOGGING

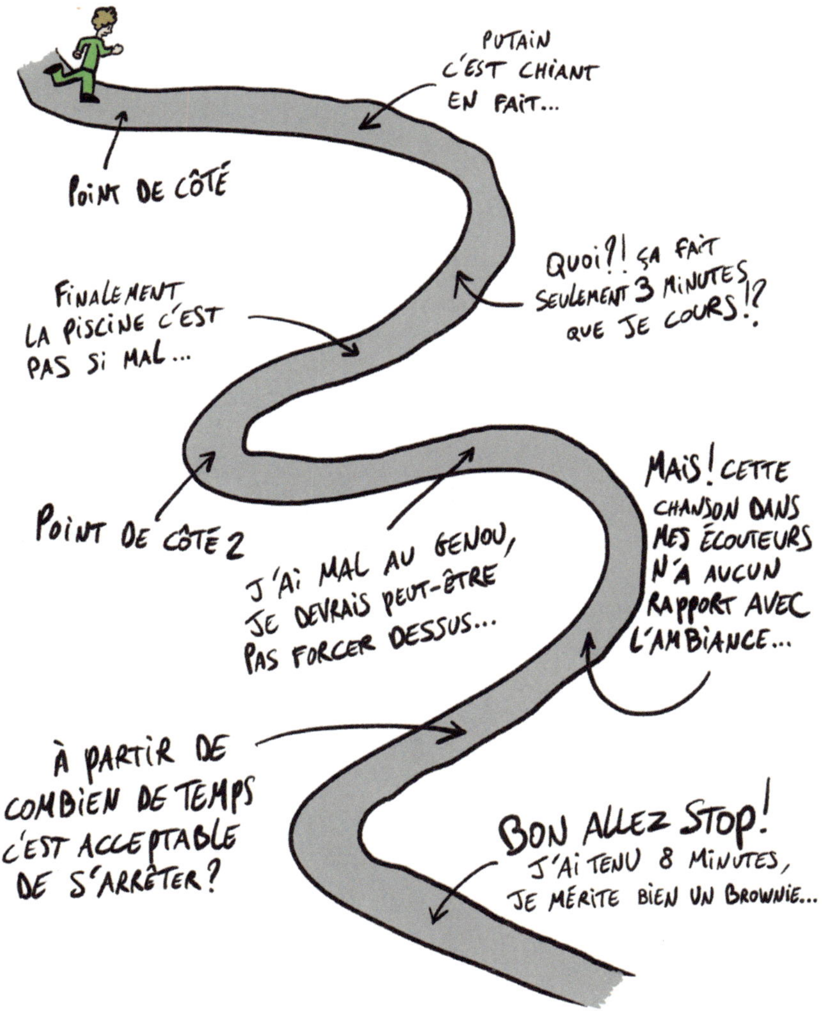

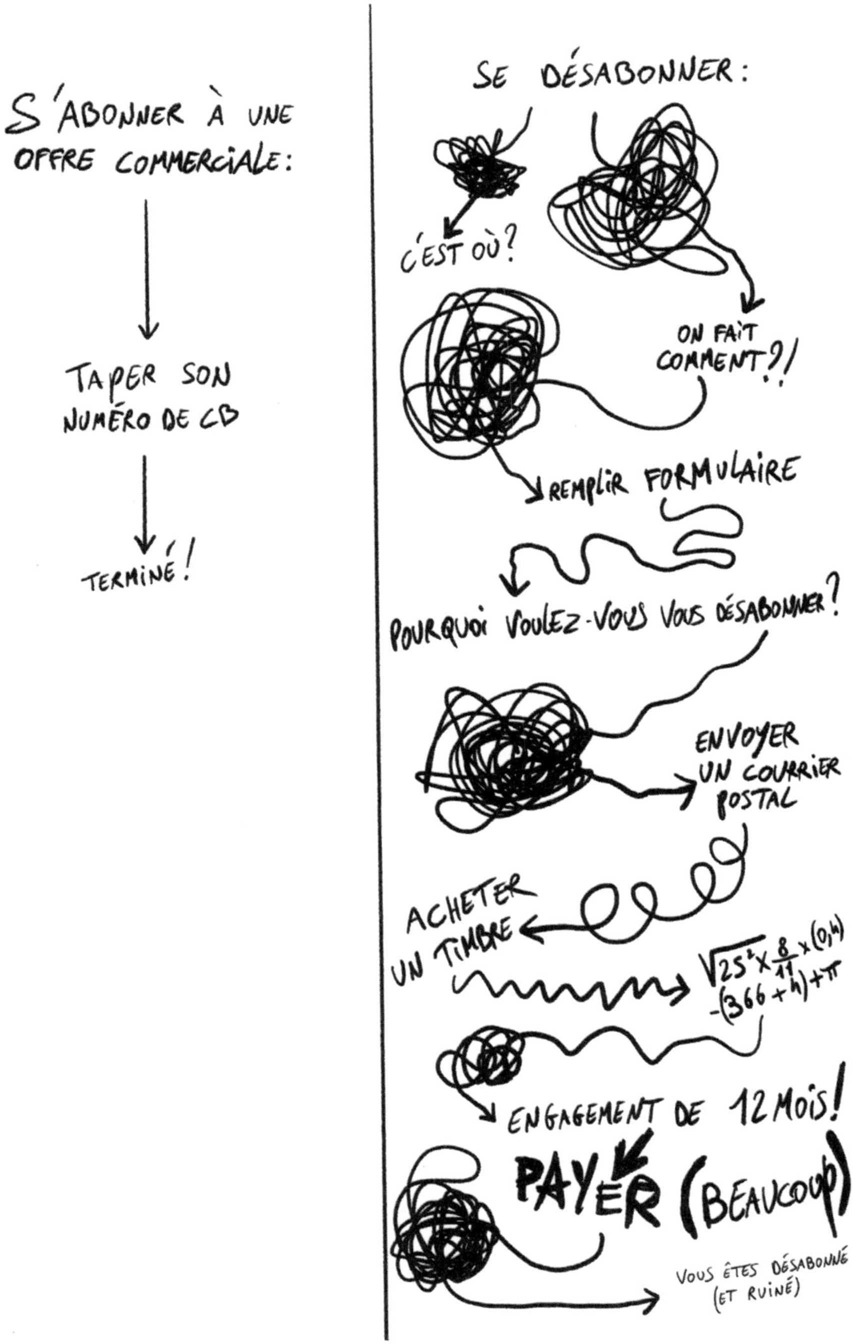
S'ABONNER À UNE OFFRE COMMERCIALE :
TAPER SON NUMÉRO DE CB
TERMINÉ !
SE DÉSABONNER :
C'EST OÙ ?
ON FAIT COMMENT ?!
REMPLIR FORMULAIRE
POURQUOI VOULEZ-VOUS VOUS DÉSABONNER ?
ENVOYER UN COURRIER POSTAL
ACHETER UN TIMBRE
√25² x 8/11 x (0,4) -(366 + 4) + π
ENGAGEMENT DE 12 MOIS !
PAYER (BEAUCOUP)
VOUS ÊTES DÉSABONNÉ (ET RUINÉ)

CLOWN HIPSTER

LES HUMAINS
INTERNET
LE PLUS GROS MOYEN DE TRANSMISSION DU SAVOIR DE TOUS LES TEMPS.
SE CULTIVER
REGARDER DES VIDÉOS DÉBILES

TIRE SUR MON DOIGT...
(C'EST E.T.)

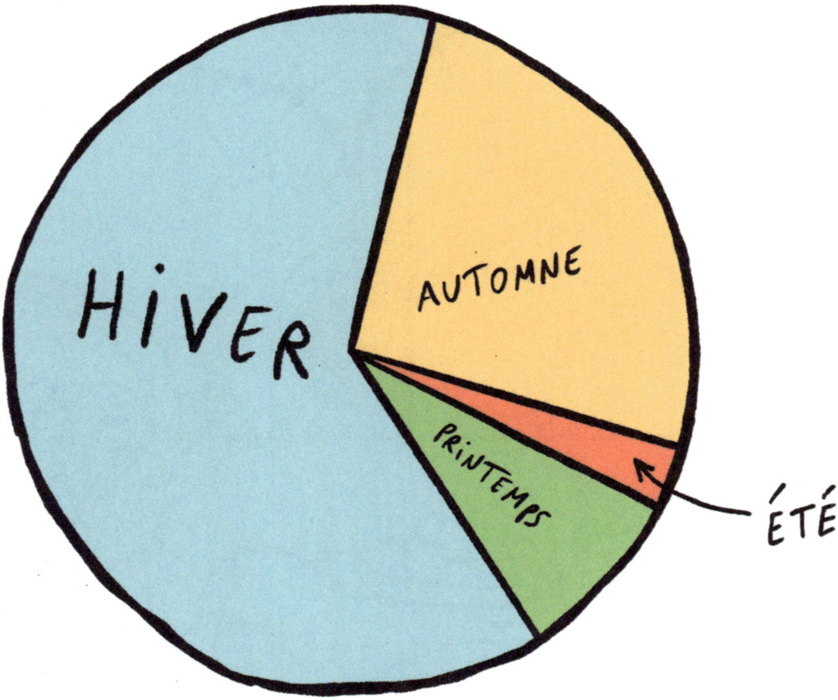
HIVER
AUTOMNE
PRINTEMPS
ÉTÉ

CHAMBRE ROYALE

QUAND LE RESTAU FAIT TROP DE TRUCS DIFFÉRENTS

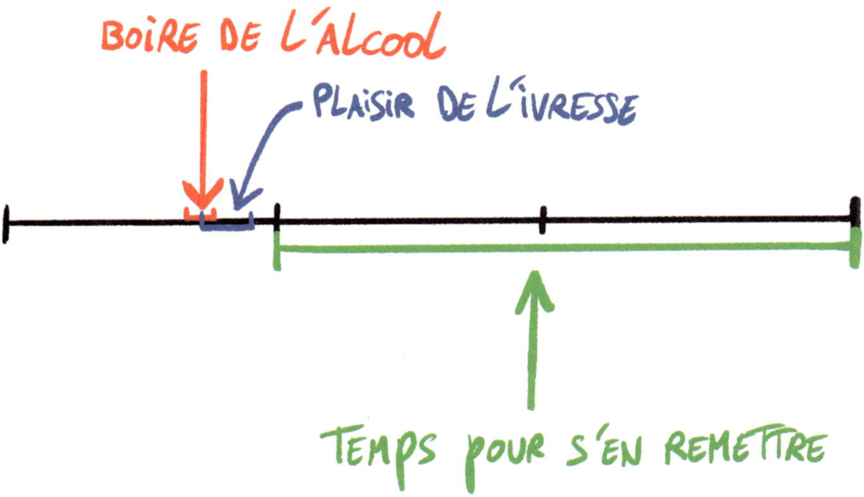
BOIRE DE L'ALCOOL
PLAISIR DE L'IVRESSE
TEMPS POUR S'EN REMETTRE

CHEZ LE DENTISTE

TES STYLOS QUAND TU N'AS PAS D'ENFANT:

QUAND TU EN AS:

MA ZONE DE CONFORT
CE LIVRE

TACOS
BURRITOS
FAJITAS
CRÊPE
GREC
KEBAB
DÖNER
WRAP
PITA

QUAND T'AS UNE IDÉE ÉCLATÉE

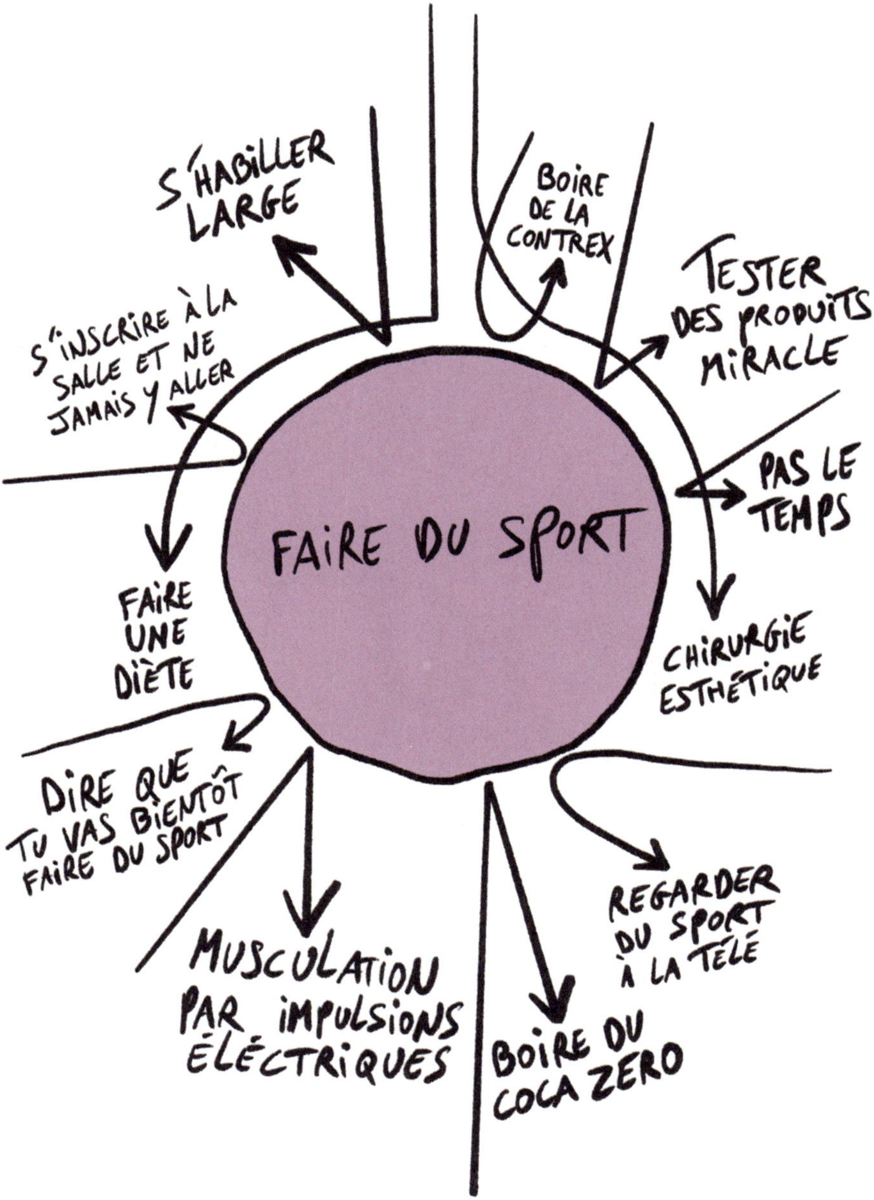
FAIRE DU SPORT
S'HABILLER LARGE
BOIRE DE LA CONTREX
TESTER DES PRODUITS MIRACLE
S'INSCRIRE À LA SALLE ET NE JAMAIS Y ALLER
PAS LE TEMPS
FAIRE UNE DIÈTE
CHIRURGIE ESTHÉTIQUE
DIRE QUE TU VAS BIENTÔT FAIRE DU SPORT
REGARDER DU SPORT À LA TÉLÉ
MUSCULATION PAR IMPULSIONS ÉLÉCTRIQUES
BOIRE DU COCA ZERO

LUNETTES POUR SIAMOIS

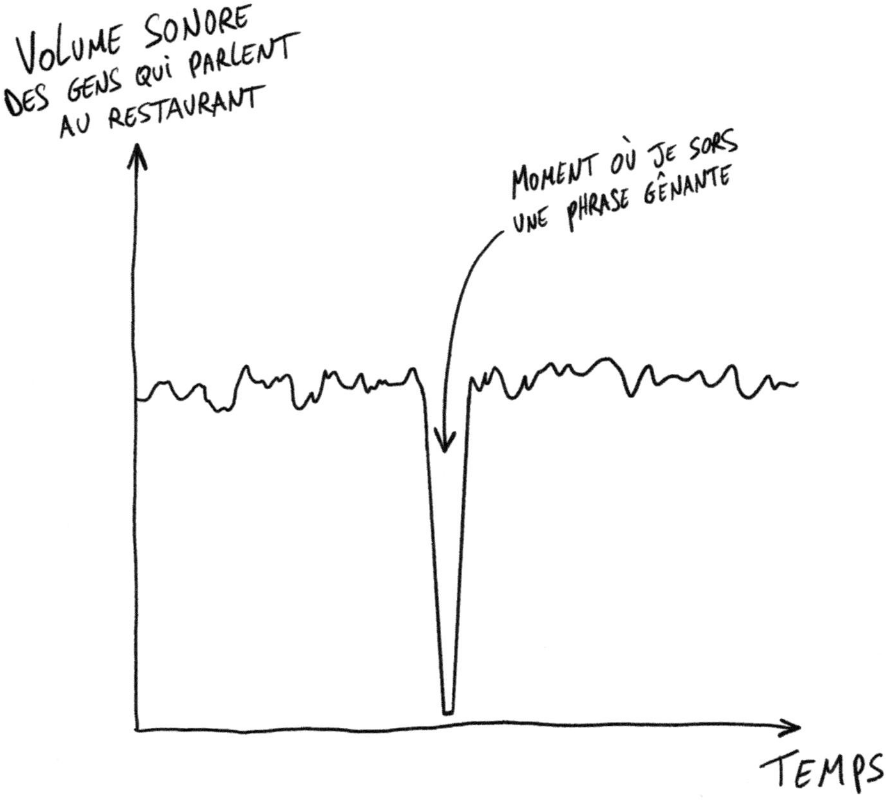
VOLUME SONORE
DES GENS QUI PARLENT
AU RESTAURANT
MOMENT OÙ JE SORS
UNE PHRASE GÊNANTE
TEMPS

PETIT DESSIN DE MON PÈRE
QUI RÊVE D'AVOIR UN BATEAU
SAUF QUE...

COIFFEUR
=
10 EUROS

COIFFEUR
+
"VOUS VOULEZ UN CAFÉ ?"
=
60 EUROS

SI CETTE IMAGE VOUS PARAÎT NETTE
C'EST QUE VOUS ÊTES BOURRÉ.E

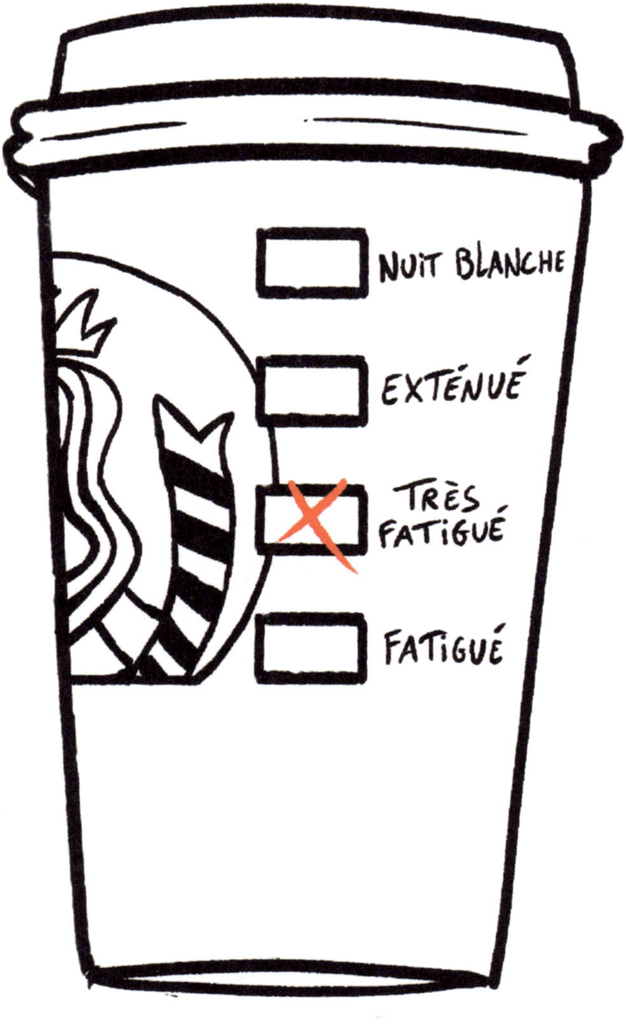
NUIT BLANCHE
EXTÉNUÉ
TRÈS FATIGUÉ
FATIGUÉ

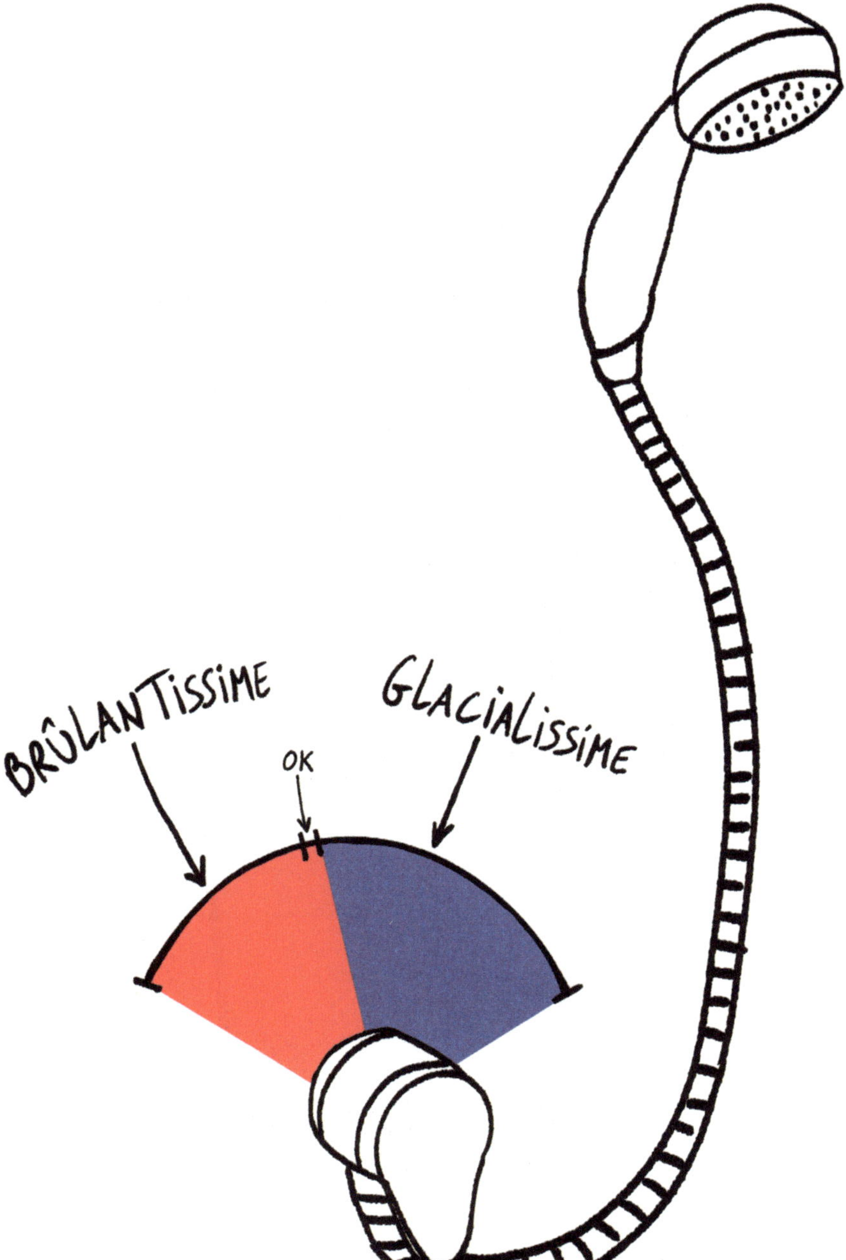
BRÛLANTISSIME
OK
GLACIALISSIME

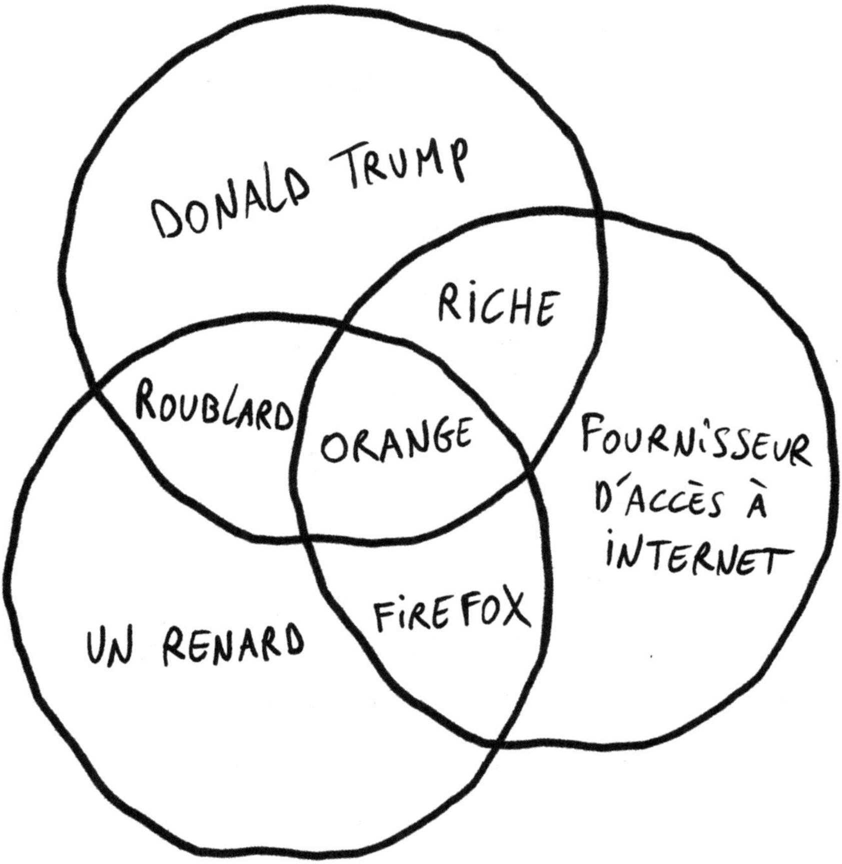
DONALD TRUMP
RICHE
ROUBLARD
ORANGE
FOURNISSEUR D'ACCÈS À INTERNET
UN RENARD
FIREFOX

LE JEU DU PENDU VERSION LONGUE

INTERGOUVERNEMENTALISATIONS

PASSER À LA PAGE SUIVANTE

JOURNÉE TYPE D'UN CHAT

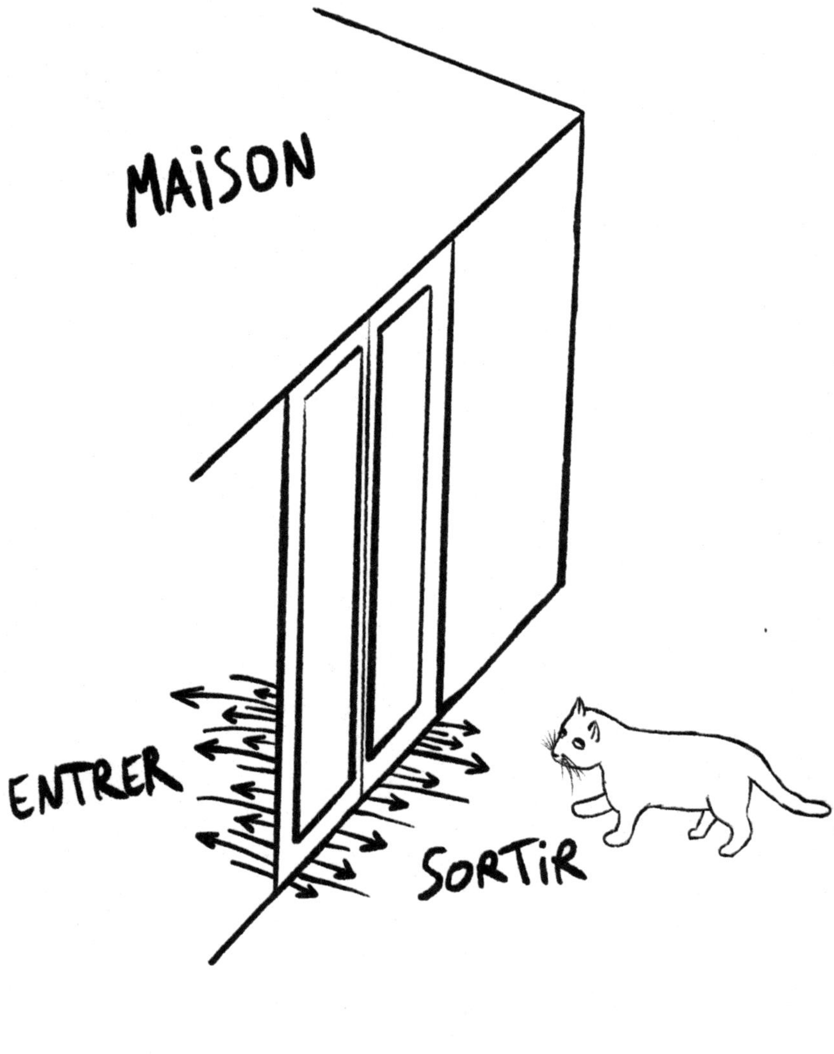

$$\text{EMBROUILLE DE COUPLE}^2 = \frac{\text{AFFAIRES PAR TERRE} \times \text{100 FOIS QUE JE TE LE DIS !}}{\left(\text{OUI MAIS TÉS PAS OBLIGÉ(E) DE ME LE DIRE DÈS LE RÉVEIL !!!}\right) + \text{TOI AUSSI DES FOIS TU FAIS PAREIL...}} - \frac{\sqrt{\text{VIEUX DOSSIERS}} + \text{OUI MAIS MOI JE FAIS 1000 CHOSES À LA FOIS ET TOI TU FAIS PAS LE } \frac{1}{4}}{\text{ATTENDS MAIS CES 2 CHAUSSETTES TAILLE 45 C'EST À QUI ?!!} \left(\text{INCONNU } X\right)}$$

CE QUE TU AS APPRIS EN HISTOIRE À L'ÉCOLE PENDANT 15 ANS...
CE QUE TU AS RETENU...

TU VOIS MEC, C'EST TROP IMPORTANT DE RESPECTER LA DISTANCIATION SOCIALE!
1 M

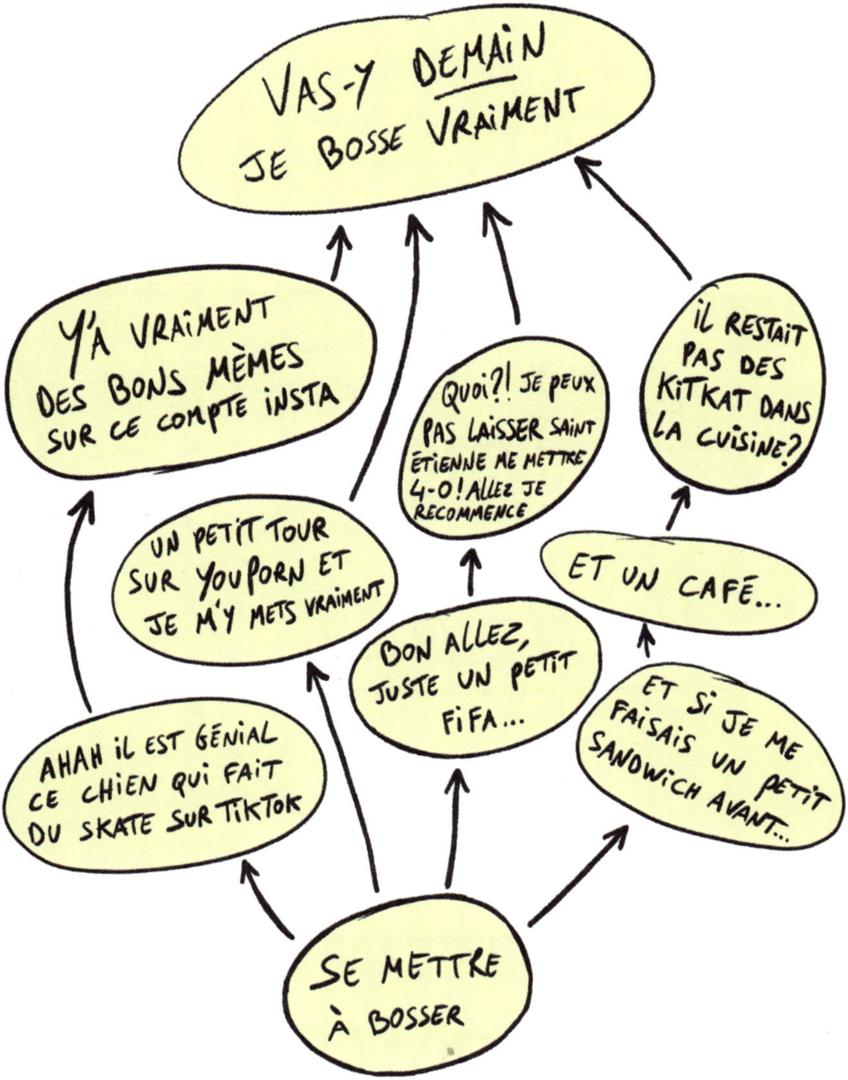
VAS-Y DEMAIN JE BOSSE VRAIMENT
Y'A VRAIMENT DES BONS MÈMES SUR CE COMPTE INSTA
QUOI?! JE PEUX PAS LAISSER SAINT ÉTIENNE ME METTRE 4-0! ALLEZ JE RECOMMENCE
IL RESTAIT PAS DES KITKAT DANS LA CUISINE?
UN PETIT TOUR SUR YOUPORN ET JE M'Y METS VRAIMENT
ET UN CAFÉ...
BON ALLEZ, JUSTE UN PETIT FIFA...
AHAH IL EST GÉNIAL CE CHIEN QUI FAIT DU SKATE SUR TIKTOK
ET SI JE ME FAISAIS UN PETIT SANDWICH AVANT...
SE METTRE À BOSSER

POMPES FUNÈBRES
CARTE DE FIDÉLITÉ
1 MORT
1 MORT
1 MORT
1 ENTERREMENT OFFERT !

LE MEC QUI PARLE DANS
LE MICRO DU TRAIN

LUNDI MATIN

FLOOR IS DEVENIR ADULTE

PRINCIPALES PENSÉES DANS LE CERVEAU

QUAND T'AS PAS D'ENFANT :

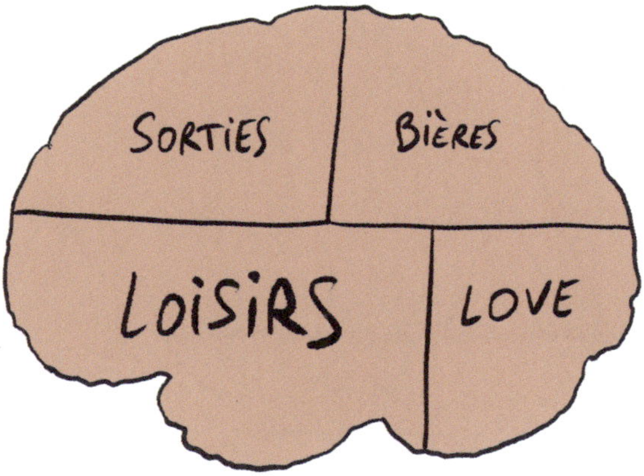

QUAND T'AS UN ENFANT :

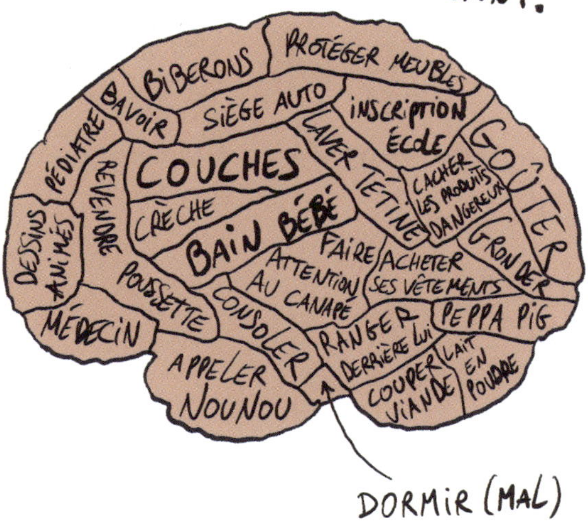

TOP 3 DES VANNES LES PLUS RELOUES D'INTERNET

ET TOUTES LES MIENNES BIEN SÛR...

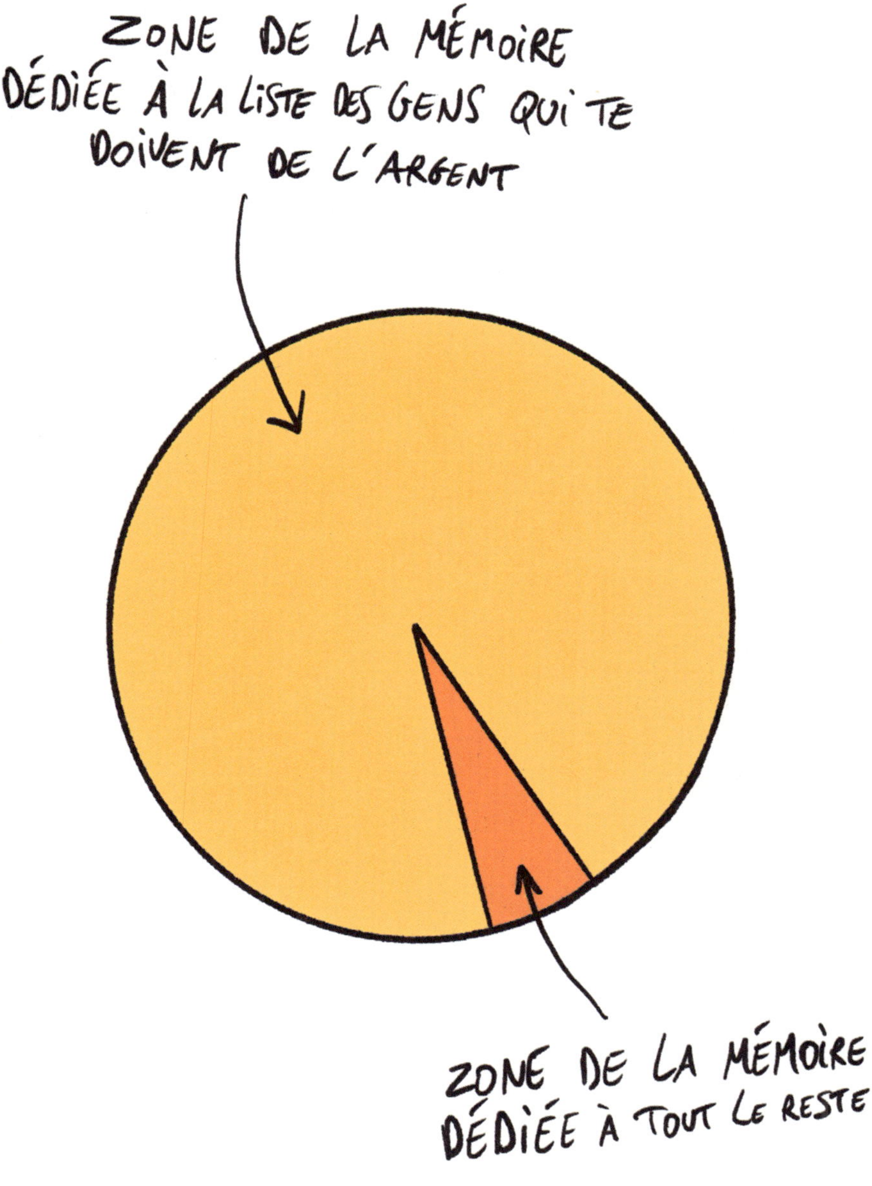
ZONE DE LA MÉMOIRE DÉDIÉE À LA LISTE DES GENS QUI TE DOIVENT DE L'ARGENT
ZONE DE LA MÉMOIRE DÉDIÉE À TOUT LE RESTE

HEY !!!
MEC... T'ES SÉRIEUX LÀ? TU ME RECONNAIS PAS?!

PROTOTYPES LORS DE
L'INVENTION DE LA BALLE DE TENNIS

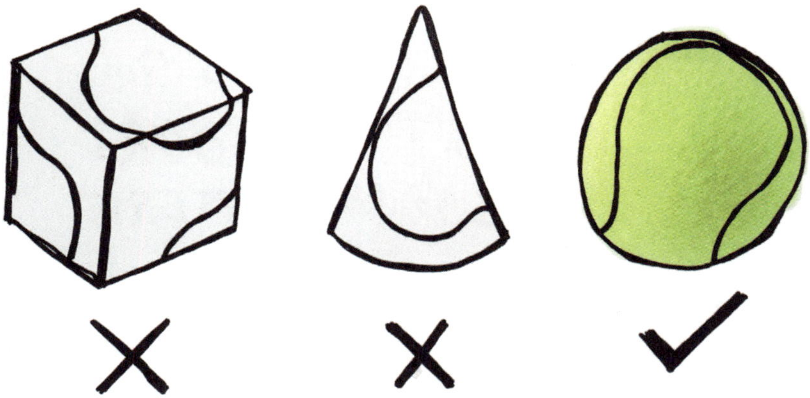

GRANDS MYSTÈRES

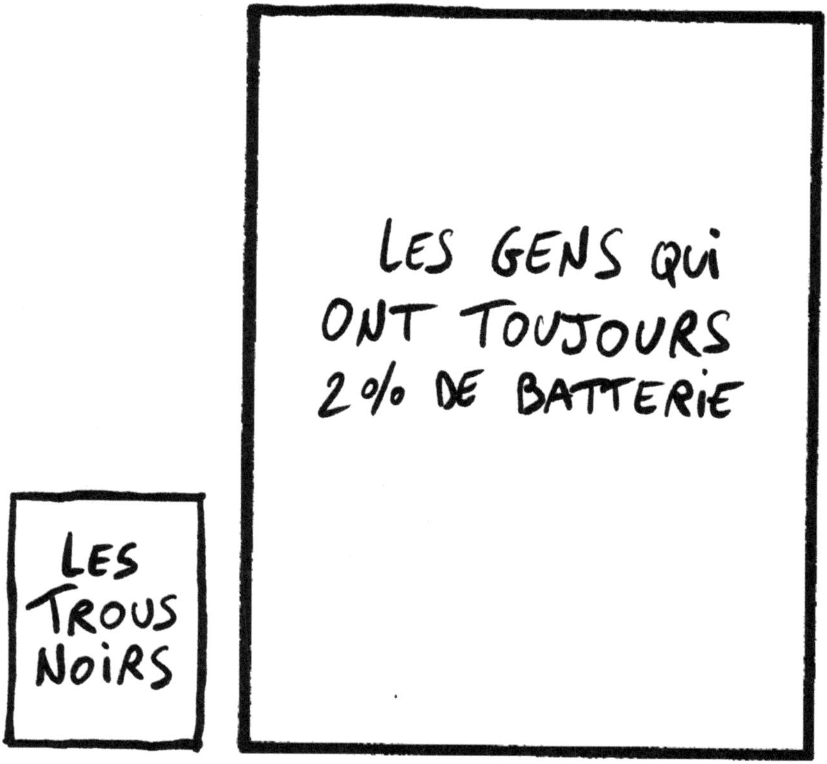

APPELLEZ-MOI LE DIRECTEUR, IL Y A UN CHEVEU DANS MON CAFÉ !!

Culture
210g

PUNKS:

JEUNE
VIEUX

RÉUNION DES AMNÉSIQUES ANONYMES

BOSS DE FIN DES TÉMOINS DE JÉHOVAH

BON MON GÉGÉ, C'EST PAS TOUT ÇA MAIS JE VAIS Y ALLER MOI, IL VA ÊTRE 18 H…

DONNEZ UNE NOTE À VOTRE AUTEUR

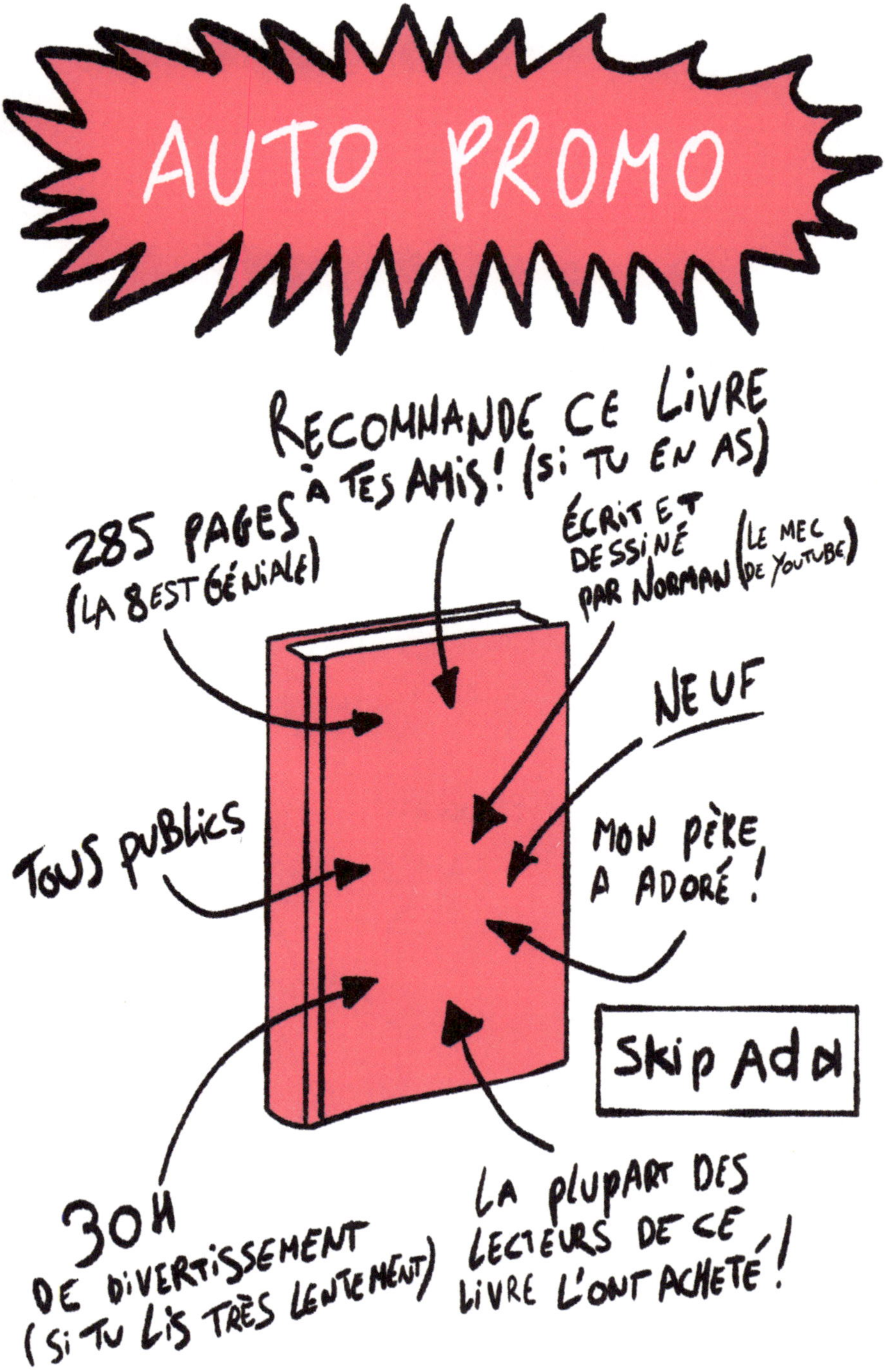
AUTO PROMO
RECOMMANDE CE LIVRE À TES AMIS ! (SI TU EN AS)
285 PAGES (LA 8 EST GÉNIALE)
ÉCRIT ET DESSINÉ PAR NORMAN (LE MEC DE YOUTUBE)
NEUF
TOUS PUBLICS
MON PÈRE A ADORÉ !
Skip Ad
30 H DE DIVERTISSEMENT (SI TU LIS TRÈS LENTEMENT)
LA PLUPART DES LECTEURS DE CE LIVRE L'ONT ACHETÉ !

LES DESSINS QUI ONT PAS ÉTÉ GARDÉS
(PARCE QU'ILS ÉTAIENT TROP NULS)

BRONZAGE 2020
MOUAIS... CLASSIQUE
LÉGENDE
ICEBERG
MÊME MOI JE LE COMPRENDS PAS...
DÎNER AVEC MON PÈRE
POSTILLONS
SCORE: 4087613
TCHIOUUU TCHIOUUUU
FARFELU
SIESTE PENDANT UNE CHUTE DE NEIGE
CLAQUÉ AU SOL

MONTRE POUR ALCOOLIQUE
SHOTS
APÉRO DU MIDI
DÉJEUNER ARROSÉ
COCKTAILS À LA PLAGE
APÉRO DU SOIR
DÎNER FESTIF
VERRES EN SOIRÉE
BIEN BEAUF
LA VR EN 1975
WOUAH!
PONG
PAS DRÔLE
PAS FINI
CE DONT RÊVENT LES BÉBÉS
C'EST DES TÉTONS
NAZE

MAKING OF

Vue 3/4 + parasol
Brassards
bouée
Tongs
parasol + haut
visage
claquettes ?
ROTATION ?
TUBA
MASQUE NOIR
T-SHIRT
poils
BRACELET
GOTHIQUE À LA PLAGE

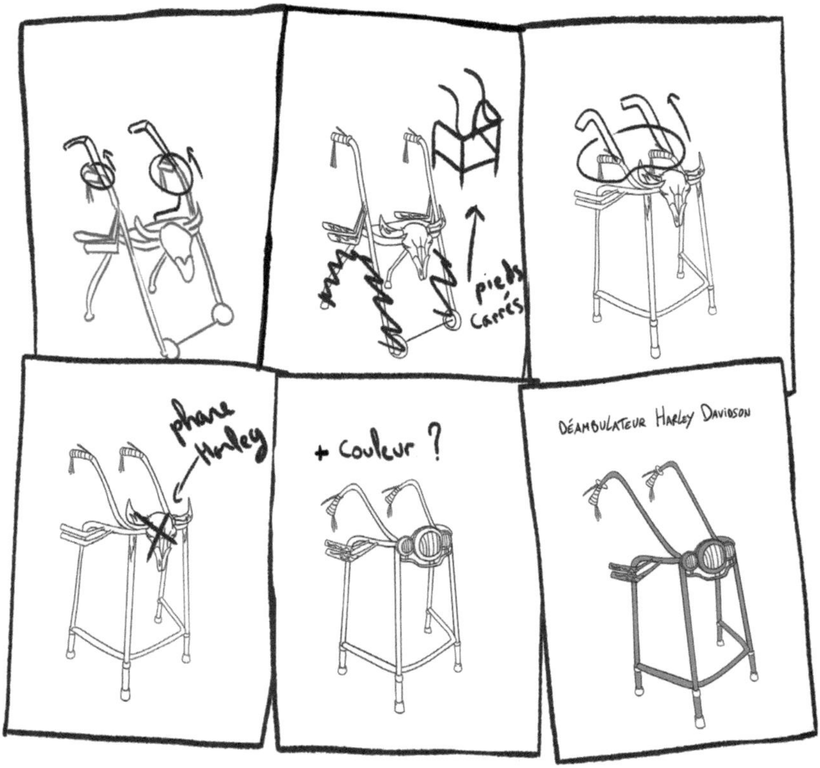
pieds carrés
phare Harley
+ couleur ?
DÉAMBULATEUR HARLEY DAVIDSON

Rempli d'icônes
COULEUR OR
Pics
Fissures
commentaires
coeurs
pouces
+ Alibaba
CAVERNE D'ALI BABA

VOIR VISAGE?
DUPLIQUER
TITRE DU LIVRE
+GRAND
TITRE DU LIVRE
4E DOIGT
TITRE DU LIVRE
-VISAGE
TITRE DU LIVRE
N° 1 DES VENTES
TITRE DU LIVRE
+ FAUX
TITRE DU LIVRE
+PASTILLE?
MES DESSINS
N°1 DES VENTES
FOND BLEU
FAUX
N°1 DES VENTES
FAUX
4EME
DECOUV
BANDEAU?
-PASTILLE
VENDUS !
FAUX
MES DESSINS
MES DESSINS
DESSINS
N°1 DES VENTES
FAUX

UN GRAND MERCI À MICHEL LAFON, ELSA, LAETITIA, KADER AOUN QUI A CO-ÉCRIT CE LIVRE AVEC MOI, NICOLAS QUI A ÉTÉ MON FIDÈLE BRAS DROIT EN M'AIDANT À DESSINER QUAND C'ÉTAIT LE RUSH, AUX GENS QUI M'ONT INSPIRÉ DANS MA VIE ET GLOBALEMENT À TOUS CEUX QUE J'AIME.

Un grand merci à Michel Lafon, Elsa, Laetitia, Kader Aoun qui a co-écrit ce livre avec moi, Nicolas qui a été mon fidèle bras droit en m'aidant à dessiner quand c'était le rush, aux gens qui m'ont inspiré dans ma vie et globalement à tous ceux que j'aime.

Exit

Auteur : Norman Thavaud
Avec la collaboration de l'illustrateur Nicolas Angèle

Direction éditoriale : Laetitia Lehmann
Création graphique : Guillaume Prieur
Fabrication : Christian Toanen, Nikola Savic

118, avenue Achille-Peretti – CS 70024
92251 Neuilly-sur-Seine Cedex
www.michel-lafon.com

Crédits photographiques

p.57 : ©scottff72/123RF

p.63 : ©Levchenko llia/shutterstock

p.118 : ©APL, Archive/Alamy Banque D'images

p.120 : ©kindlena/shutterstock

p.133 : ©Daboost/123RF

p.144 : ©Emilio100/shutterstock

p.144 : ©gravan33/shutterstock

Achevé d'imprimer en Espagne
par Egedsa en novembre 2021
Première édition
Dépôt légal : novembre 2021
ISBN : 978-2-7499-4855-3

LAF : 3172